現代名著譯叢

等待果陀・終局

Waiting for Godot ・ Endgame

山繆・貝克特(Samuel Beckett) ◎ 著

廖玉如 ◎ 譯注

國科會經典譯注計畫

獻給師恩
Peter Thomson

目　次

《等待果陀》

《終局》

山繆・貝克特紀事年表

1906　4月13日(週五)生於都柏林附近Foxrock的一個富裕中產家庭，父親William Beckett是估價員，母親Mary Roe曾擔任護士。

1916　就讀都柏林Earlasfort House學校。

1920　就讀Portora皇家學校。

1923-7　就讀都柏林大學三一學院現代語文學系，獲畢業榮譽獎。

1928　於北愛爾蘭首都貝爾法斯特的Campbell學院教兩學期的課程之後，在巴黎l'École Normale Supérieure學校當交換講師，其間認識喬伊斯和編*transition*雜誌的作家。

1929　刊登'Dante…Bruno…Vice…Joyce'論文。

1930　以笛卡爾為主人翁的詩作'Whoroscope'獲得Hours出版社十英鎊獎金。回都柏林，成為三一學院法文系講師。

1931　和Georges Pelorson合寫第一齣劇本*Le Kid*，於都柏林公演。

1932　著手寫第一本小說*Dream of Fair to Middling Women*，未出版。

1933　William Beckett去世，留給兒子每年兩百英鎊的遺產。

1934　小說集*More Pricks Than Kicks*出版於倫敦。

1935　詩集*Echo's Bones and Other Precipitates*出版於巴黎。

1937　被一位皮條客刺傷，醫療期間蘇珊娜（Suzanne Deschevaux-Dumesnil）來探訪，後來成為貝克特妻子。

1938　被拒數次之後，第一本完整小說*Murphy*出版於倫敦。

1939-45　成為法國地下反抗組織人員，收集德國軍隊活動的資訊。其組織受蓋世太保威脅，和蘇珊娜逃到法國南方Rousillon，直到第二次世界大戰結束。完成英文小說*Watt*和數首法文詩。

1946-49　回到巴黎，開始其創作高峰期，其間皆以法文寫作，第一篇獨自完成的劇作*Eleutheria*和小說三部曲《莫洛伊》（*Molloy*）、《馬龍之死》（*Malone meurt*）和《不名者》（*L'Innamable*）（英譯為*Molloy, Malone Dies*和*The Unnamable*，前者由作者和Patrick Bowles合譯，後兩本則全由作者譯成），也完成後來讓他一舉成名的《等待果陀》（*En Attendant Godot*）。

1951　*Molloy, Malone meurt*出版。

1952　《等待果陀》於巴黎出版。

1953　1月5日《等待果陀》在巴黎巴比倫劇院（Theatre de

Babylone)首演，由Roger Blin導演，之後轉至德國演出。出版*L'Innamable*。

1954　貝克特親自翻譯的英文版《等待果陀》（*Waiting for Godot*）於紐約出版。

1955　在倫敦的Arts Theatre Club首演英文版《等待果陀》，由Peter Hall導演。英文版*Molloy*於紐約出版。

1956　美國首演的《等待果陀》於邁阿密的Coconut Grove Playhouse演出，由Alan Schneider導演。

1957　廣播劇*All That Fall*在英國BBC廣播台播出，《終局》（*Fin de partie*），以法文於倫敦皇家劇院首演。

1958　由作者翻譯成英文的《終局》（*Endgame*）於紐約演出，*Krapp's Last Tape*在倫敦首演。

1959　*Embers*於BBC廣播台播出。

1961　寫*Comment e'est*和幾首英詩，*Happy Days*於紐約首演。

1962　於BBC廣播台首度播出*Words and Music*，英國首演*Happy Days*。

1963　*Play*首演於德國。

1964　由Alan Schneider導演，Buster Keaton主演的第一部電影*Film*於紐約出品。

1965　完成*Come and Go*。

1966　在巴黎首次導演*Come and Go*。

1967　出版短篇作品集*No's Knife*。於德國席勒劇院導《終局》。

1968　　*Watt*出版於巴黎。

1969　　獲諾貝爾文學獎。

1970　　於巴黎導*Krapp's Last Tape*，於柏林導*Happy Days*。

1972　　紐約林肯中心首演*Not I*，完成*The Lost Ones*。

1974　　完成*Mercier and Camier*。

1976　　親自執導的*That Time*和*Footfalls*於倫敦首演。

1977　　*Ghost Trio*和*…but the clouds…*首次播於BBC電視台。

1979　　親自導演由其最鍾愛的女演員Billie Whitelaw主演的
　　　　*Happy Days*於倫敦演出。

1980　　*A Piece of Monologue*於紐約演出，完成*Company*。

1981　　*Rockaby*首演於紐約水牛城，*Ohio Impromptu*首演於俄
　　　　亥俄州的哥倫布市，親自導演的*Ouad*播放於德國電視
　　　　台。

1982　　*Catastrophe*首演於法國亞唯農藝術節。

1983　　出版*Worstward Ho*和*Nacht und Traume, What Where*首
　　　　演於紐約。

1984　　出版*Collected Shorter Plays*，督導聖昆丁戲劇工作坊
　　　　(San Quentin Drama Workshop)於倫敦演出《等待果
　　　　陀》。

1986　　各國熱鬧演出貝克特劇作並舉辦研討會，以慶祝其80
　　　　歲生日。

1988　　*L'Image*於巴黎出版，*Sirrings Still*於倫敦出版。

1989　　7月17日蘇珊娜去世，五個月後山繆‧貝克特也於12
　　　　月22日與世長辭，享年83歲。

緒　論

壹、早熟而孤獨的靈魂——山繆・貝克特

> 以你為軸心，我流轉
> 千匝復千匝。
> ……
> 我是三萬六千五百零一塊之外的一塊頑石
> 凍結中之凍結
> 今夜，卻無端為怨慕而哭了
> 哭向本來，哭向默默呼喚我的
> 襁褓一般溫暖的現在
> 哭向你。軸心之內之內
> 恆醒，而淚眼
> 恆向暗處遠處亮的
> （人面石／周夢蝶）

達文西解剖了三十多具人類屍體後，不禁望著虛空慨歎：

「靈魂在哪裡？」我們可以想像達文西的每一刀都是戒慎恐懼，唯恐傷了他想探尋的靈魂。但是隨著屍體上的刀痕愈深入時，達文西的疑惑也愈益複雜。這位文藝復興時期的奇才，當然無法在沉默不語的人類屍體上找到靈魂；但是達文西低估了自己，殊不知後人在蒙娜麗莎的微笑、耶穌低垂的目光和聖約翰向上揚的指尖看到不朽的靈魂。

　　無論是神秘的微笑，或深知即將被弟子背叛的寬恕目光，或直指上面答案就在那裡的指尖，都流露一股謎樣的氛圍，讓後人前仆後繼，試圖拆解幾世紀以來難以解開的謎。當全世界瘋狂地搜索密碼時，達文西的人物就在精緻小巧的框框裡靜默微笑、怡然自得。他們的自信來自於擁有連上帝也無法破解的密碼，他們代表從神權世代出走，以無比信心迎接未來，以人本爲依歸的文藝復興時代的人。他們的同伴，達文西的另一寵兒──那個伸出手足，輕輕畫個圓，即代表一個自足的宇宙──不就說明了人可頂天也能立地，而整個宇宙是以人爲中心的嗎？如此篤定的姿態，已預示一個毫氣干雲的時代已來臨。那些昔日只能躲在神權羽翼下噤聲屈足的人，開始畫地宣示主權，運來轟隆作響的機器，爲下一輪開展富足而喧譁的盛世，也開啓了崇尙理性的啓蒙時代。那種不可一世的傲岸氣息，以爲人定勝天、對未來充滿樂觀憧憬的西方文明人，卻在兩次砲聲隆隆卻在的戰火後，開始聽到騷動不安的聲音，而貝克特即是少數最早對西方文明發出懷疑聲音的知識分子之一。

　　自1906至1989年，83年的悠悠歲月，貝克特從世紀初走到世紀末，恰巧見證了20世紀西方文明從井然有序到理性逐漸崩

潰的過程。經歷兩次經濟大蕭條(英國的倫敦和北愛爾蘭的貝爾法斯特)、兩次世界大戰和一次愛爾蘭內戰。他看到了極權政治如何席捲現代社會(Gordon，頁6)，也見識了人性的殘缺和生命的不定。他極目遠眺的是烏雲罩頂、水分滿溢的天空，觸目所及的是槍林彈雨、硝煙瀰漫的世界。其筆下的人物再也不是拈花微笑、胸有成竹的自信者，而是踽踽獨行心事如繪，看不到茫茫天涯路卻又回頭已是百年身的掙扎靈魂。小說和劇本裡孑然的身影，皆為貝克特早熟而孤獨的心靈發聲，但是他們的聲音沉靜而幽微。他們因為懼光而遠離人群，害羞地躲在黝暗的角落，低聲呢喃自身的故事，一遍又一遍，綿綿不絕期。那些重複卻又斷裂的話語，表達了主人對世界的困惑、對人生的無奈，也勾勒那個時代凡事不確定、詭譎多變的氛圍。

　　被認為是戰後法國最重要劇作家的貝克特(Marvel，頁44)，生於1906年4月13日星期五。生於耶穌受難日，即西方人俗稱的黑色星期五(Good Friday)，使這位敏感早慧的作家感知其一生將如耶穌受難一樣受盡折磨，因此特別懷念繾綣於母親子宮裡的日子。其詩作'Sanies I'即是表達對這個被視為避難天堂的無限眷念(Knowlson，頁1-2)，因此我們不訝異為何貝克特筆下的人物視出生為死亡。對他們而言，生命就是一段永無止盡的折磨。

　　貝克特生於愛爾蘭都柏林郡的Foxrock，其父信奉新教，是個建築工程估價員，母親則是離職的護士。貝克特就讀的中學Portora Royal School是以學業成績和運動出名的明星學校，許多都柏林人欲就讀都柏林大學三一學院，皆以此中學為跳板。

貝克特的學業成績雖非亮麗，卻是個運動健將，游泳、網球、
板球及高爾夫球無一不能；曾參加過無數的球類競賽，甚至是
史上唯一參加過板球比賽的諾貝爾文學獎得主。在學業成績
上，貝克特直到進入三一學院的現代語文學系，才寫下漂亮的
紀錄，語文天分也在此時完全發揮。雖主修法文和義大利文，
卻也精通德文、拉丁文，並懂西班牙文。22歲時，貝克特以優
異成績獲獎助金到巴黎深造，並在l'École Normale Supérieure學
院擔任英文教師，為期兩年(1928-30)。在巴黎期間，他認識了
喬伊斯和幾位巴黎文人，此後和喬伊斯維持數十年亦師亦友的
關係。

　　兩年屆滿，貝克特回國擔任三一學院語文學系法文組講
師，但一年後因無法忍受枯燥的學術環境和愛爾蘭保守閉塞的
人文氣息而辭去教職；他甚至曾大力抨擊愛爾蘭的審查制度
(Harrington，頁37)。對環境的失望再加上與母親的緊張關係，
貝克特決定離開愛爾蘭，遊走倫敦、巴黎和歐洲其他城市，開
始自我放逐的日子，最後以巴黎為最後定居之所。

　　貝克特離開愛爾蘭之後，旋即至德國探望正在養病的表
妹，也是他的初戀情人Peggy Sinclair。他們的戀情備受壓力，
此壓力大部分來自於貝克特的母親。這位有雙綠眼睛、喜穿綠
衣裳的蒼白女孩，數年後死於肺結核。但日後在貝克特的作品
裡，仍可看到她的影子，例如小說*Dream of Fair to Middling
Women*和劇本《克雷普的最後一卷錄音帶》（*Krapp's Last
Tape*）。

　　貝克特在倫敦期間(1933-1935)，接受為期兩年的精神治

療，以解決他和母親的緊張關係及對生命的困惑。治療期間他和醫生Wilfred Bion成為好友。Bion的有效治療，幫貝克特找回生命的起源點——在母親子宮裡的記憶。這段療程讓貝克特發現個性中孤獨的特質，乃是受母親的影響；他因為無法達到母親嚴格的要求，而常懷罪惡感，也顯得鬱鬱寡歡（Knowlson，頁385）。幸運的是，貝克特對母親愛恨交織的複雜心理，終於在Bion引導下逐漸釋懷。此次的精神治療，不但改善貝克特和母親之間的關係，在其創作上也有明顯的影響（Knowlson，頁175-181）。治療期間不斷往內心挖掘的例行動作，日後成為貝克特筆下人物鍥而不捨追尋自我的基調。Bion曾帶貝克特聽精神分析家榮格（Carl G. Jung）的演講；在這場演講中，榮格提及一位病人時說她：「彷彿從未出生過。」數年後，這場演講及貝克特母親因長期失眠養成在地毯上來回行走的習慣，乃成了貝克特短劇《跫音》（*Footfalls*）的靈感來源。劇中的梅（May），數十年來自困於屋內，反覆聆聽腳步聲以證明自己的存在；足不出戶的梅，眷念的是憩息於母親子宮內的安全感。

　　1936年貝克特決定永久定居巴黎。透過喬伊斯的引薦，他認識巴黎有名的文人和藝術家，也接觸屢屢翻新的前衛藝術風格，包括早年的達達主義、表現主義和超現實主義（Kennedy，頁8），以及後來的極簡主義。求新求變的貝克特在文風自由、創造力活躍的巴黎如魚得水悠哉優游，但是其作品除了受喬伊斯和幾位好友的重視之外，卻得不到巴黎文人的回響。《克雷普的最後一卷錄音帶》裡，描寫克雷普一年只賣出六本書，彷彿是貝克特當時的寫照。

　　1937年1月的某一晚，貝克特和幾位朋友用餐過後走在巴黎街頭，被一位皮條客騷擾。在一陣混亂中，貝克特接近心臟處被刺一刀。在醫院昏迷一陣子之後醒來，他第一眼見到的人是喬伊斯──這位九年前第一天在巴黎所結識的摯友。兩位同鄉，在異地認識，皆留連巴黎不願回國，在異地各自開啓小說和劇場的一片天。這兩位被視爲20世紀文壇巨擘的愛爾蘭人，其深厚的情誼成爲文壇佳話。喬伊斯年老時眼睛失明，常爲他念書的人是貝克特，而陪他靜思默想的人也是貝克特。貝克特憶及兩人獨處時，最常做的事就是沉默不語，偶爾才有幾句話語劃破寂靜無聲的空氣，傳到對方的心靈。這種時時保持緘默的對談，成了兩人每週一次必行的儀式，直到喬伊斯患憂鬱症的獨生女單戀貝克特之後，兩人的距離則漸行漸遠。

　　在治療期間，有一位相識十年但未曾深交的畫家蘇珊娜（Suzanne Deshevaux-Dumesnil)突然拜訪，爲此後兩人的姻緣掀起序幕，但他們直至1961年才結婚。貝克特痊癒後，到監獄探訪兇手，問兇手爲何殺他。貝克特所獲得的答案竟是：「先生，我不知道。」這句話日後成爲《等待果陀》裡的副歌，寫盡了貝克特對荒謬不可理解的人生極其無奈的回應。

　　1939年貝克特回國探望母親，9月3日從廣播中得知德軍進攻巴黎，隔日馬上離開愛爾蘭回到巴黎，參加地下反抗組織，專門搜集德軍軍情。愛爾蘭爲中立國，不受戰火波及；貝克特卻甘冒生命危險，回到戰區從事最危險的工作。1941年8月貝克特接獲通知，反抗組織的幾位成員已被蓋世太保逮捕，必須馬上離開巴黎。貝克特和蘇珊娜隨即南下避難，直到戰爭結束

(Gordon，頁4)。這段等待戰爭結束的漫長時期，也是日後貝克特寫《等待果陀》一個遙遠而不可抹殺的動因(Marvel，頁21)。戰爭結束後，貝克特馬上投入愛爾蘭紅十字會位於諾曼地的醫院興建工作，待一切就緒之後，貝克特才束裝返回巴黎。

　　戰爭結束後的數年期間，是貝克特的創作高峰期。1946至1949年，他完成幾本日後備受推崇的作品：劇本《等待果陀》，和小說三部曲《莫洛伊》、《馬龍之死》、《不名者》(*Molloy, Malone Dies & The Unnamable*)。貝克特也寫了第一本劇本*Eleutheria*，但是終其一生，不願公開此作品。《等待果陀》完成於1948年，蘇珊娜拿著劇本遍訪出版社和劇場，直到1952年才問世，於1953年1月5日在巴黎巴比倫劇院(Theatre de Babylone)公開首演。這齣戲讓貝克特的名聲跨過大西洋，傳向世界各地，而內向的貝克特再也無法躲避仰慕者的追逐了。

　　被視為改變當代戲劇的《等待果陀》首演時毀譽參半，保守派難以接受貝克特的劇場語言，而前衛派卻視為驚人之作。但隨著此劇橫跨歐美甚至後來遍及全世界的演出，此劇成為各地戲劇界討論的焦點。到了1970年代此劇本甚至成為最暢銷書，同時也成為法國各高中的教科書(Kennedy，頁1)。此劇在美國演出也是讚美和詆毀各半，當邁阿密的觀眾大失所望之時，紐約的演出卻佳評如潮。值得一提的是1957年11月19日在舊金山聖昆丁監獄(San Quentin Penitentiary)的演出。表演前，演員和導演忐忑不安。出乎意料的是，開演不久，1400名的觀眾已全神貫注地欣賞。這齣沒有情節的抽象作品，感動了這群

在銅牆鐵壁裡等待自由的犯人。聖昆丁監獄的報紙和當地媒體皆大幅報導此次成功的演出，其中一位因搶劫和擄人勒索而被判終身監禁的犯人Rick Cluchy，和幾位同好甚至在獄中組成劇團，專門演貝克特的劇本。1966年Cluchy被赦之後，組成聖昆丁戲劇工作坊(San Quentin Drama Workshop)，仍以演貝克特的劇本為主，之後受邀至英國和法國表演。貝克特也曾為他導戲，並請Cluchy擔任他的導演助理(Graver1979，頁80-81)。1987年貝克特獲Commonwealth Award戲劇類獎，他將全數獎金1100美元送給這位身無分文的戲劇愛好者。甚至直到貝克特年老時，在經濟上仍不斷資助Cluchy(Knowlson，頁613)。

　　1969年貝克特獲諾貝爾文學獎。《等待果陀》演出之前，貝克特維持了30年的寫作生涯卻沒沒無聞，而此劇的首演距1969年，只有短短的16年時間，貝克特即獲得文學界的最高殊榮，可謂前無古人後無來者。歷年來文學界對諾貝爾文學獎名單屢有爭議，而貝克特卻在一致認同中獲獎，即可證明他在文學界已被視為極具影響力的世界性人物（Alvarez，頁2）。然而這位生性害羞的作家，從此必須和媒體捉迷藏，1962年其電影劇本《電影》(Film)似乎預示了主人未來即將面對的難題。此劇只有一位演員，而緊隨主角的相機，彷彿是一個沉默但最具侵略性的的另一位演員。劇中的中年人四處躲閃相機，從屋外到屋內，最後躲到一個角落；這齣戲似乎也預言現代人難以躲避私人空間被侵犯的困境。此劇耐人尋味之處，即是中年人最後發現，他極欲閃躲的人竟是自己，原來追逐者和被追逐者是同一人。貝克特的其他劇本和小說，也共同分享了這個主題

——自我追尋和自我閃躲。此兩者互相追逐的同時也互相抵銷，因此貝克特的人物永遠困在一個無底洞的深淵而進退維谷。他們唯一能做的事，就是不斷重複同樣的事以等待時間的流逝，直到生命終了。

　　蘇珊娜於1989年7月17日病逝，而貝克特也於同年12月22日與世長辭。貝克特臨終之前，好友Edith Fournier在他耳邊輕說一件喜事，異議分子也是名聞遐邇的劇作家哈維爾已成為捷克總統，一抹笑容自貝克特的嘴邊漾開來(Knowlson，頁703-4)。1982年貝克特曾以《劇變》(*Catastrophe*)一劇，響應當時幾位劇作家為聲援於獄中的哈維爾所辦的活動。

貳、詩意美學、極簡結構——貝克特的寫作風格

　　貝克特是少數橫跨詩、小說、劇本和論述諸多文類的多棲作家，但是無論內容是以什麼文類表現，皆有一致的主題和節奏。因此討論貝克特劇本時，必須兼談小說內容；而探討小說，也不能忽略其詩作。然而分析他的創作作品之前，其論述更是了解貝克特不可或缺的材料。

　　貝克特在l'École Normale Supérieure學院教書時期，著手兩篇論述，其中一篇討論笛卡兒。笛卡兒的名句「我思故我在」，對存在的重視及自我的追尋，成為貝克特所有作品的主旨；而笛卡兒的身、心二元論述更是深深吸引貝克特(Kennedy，頁5和Hutchings，頁61)。貝克特的劇作充斥二元對立的色彩，角色之間的對比和互補是中篇劇本的模式，例如，

《等待果陀》的兩組人馬：理性的迪迪相對於感性的果果，奴
役者潑佐相對於被奴役的幸運；《終局》裡失去行動能力但有
掌控權的哈姆，相對於可以來去自如卻聽命於哈姆的克羅夫，
及《快樂天》(*Happy Days*)裡熱情、多話的溫妮相對於冷漠、
沉默的威利。

　　貝克特繼續善用對比美學，燈光及色彩的明暗對比，幾乎
成為其短劇的共同特色，如《戲劇》(*Play*)裡的光束所造成的
黑與白兩個極端的色差，《俄亥俄即興》(*Ohio Impromptu*)的
聽者和讀者皆是黑帽黑衣白髮的對比色調。揆諸自古以來許多
作家的作品，不難看出作家刻意以人物個性或環境的對比造成
衝突，但是從來沒有人像貝克特，特別凸顯二元對立，甚至把
黑白兩色玩得如此徹底和盡興。黑和白之間無限的色差，就構
成了貝克特劇場一幅又一幅迷人的畫面。

　　貝克特的另一篇研究普魯斯特(Proust)的論文，被視為歷
來研究《追憶似水年華》中最具深度的作品之一。從此篇的論
述中，更可見貝克特日後的寫作風格。文中詩意的文字對普魯
斯特多所讚揚，而普魯斯特作品裡強調的習性也成為貝克特小
說和劇本裡的特色之一。其小說和劇作裡的人物，皆視習性為
人生中不可或缺的鎮定劑，就如《等待果陀》裡的迪迪所說：
「習慣是最好的鎮定劑。」鎮定劑可以麻木神經以減輕痛苦，
但同時也會麻木其他感覺，因而強化停滯不前(Bryden，頁
29)。因此，果果和迪迪的等待成為習慣之後，而果陀的出現
與否似乎再也不是重點，重要的是他們在重複等待中得到安全
感，重複動作因而成為習慣的必然副作用。貝克特晚期的作

品,把重複發揮到極點,如《克雷普的最後一卷錄音帶》裡,每於生日時聆聽歷年所錄的帶子並且重新錄製帶子的克雷普,《搖搖樂》(*Rockaby*)裡坐在搖椅上,不斷吐出「再來一次」,重複聆聽錄音帶所記錄昔日生活心得的婦人,《俄亥俄即興》裡持續敲桌以獲得更多故事的聽者,及《跫音》裡永遠拖曳而行的梅,都是被習性制約而難以重新生活的角色。這些角色就在慣性的動作中體會其存在的意義。習慣和重複動作在貝克特的早期作品裡已可見端倪,在《等待果陀》和《終局》的導論,將更深入討論。

普魯斯特認為人就像樹一樣,汁液是向內流的,貝克特的評論更凸顯人的內向性和孤獨感:「我們是孤單的。我們無法了解也無法被了解」(Beckett 1970,頁48-49),這幾句話貼切地詮釋貝克特人物的內心世界。貝克特的小說和劇本,總是呈現一片寂天寞地的荒涼感,就像人煙稀少的愛爾蘭高地一樣。貝克特的人物皆像獨行俠,孤零零地穿梭在空曠無垠的大地上,縱使身旁有同行者,他們的心靈卻不相屬,因為語言不是增進彼此溝通的橋樑,反而是直通對方心靈的障礙。他們無法了解他人,也無法被了解,他們都是人群裡的落單者。貝克特筆下描繪的正是和環境疏離、和他人斷裂,甚至和自身絕離的孤獨者。他們是羈旅在外、浮萍無寄的現代人。研究存在主義的美國學者白瑞德極其經典的話:「他們是無家可歸的人」(白瑞德,頁40),寫活了貝克特人物極其蒼涼的處境。

貝克特活動於巴黎期間,正是存在主義風起雲湧的年代,尤其巴黎更是存在主義的大本營。但是與其認為貝克特受其影

響，則不如說是那個年代少數敏感心靈的共同心聲。向來自視甚高、自認為擁有最高文明的歐洲人，在兩次砲聲中，心靈彷彿被轟了個大洞，殘缺不全，從此不斷尋找遺失的自我，時時詢問存在的本質；而貝克特人物對自我及存在意義的追尋，更是當時作家中最具代表性之一。不同的是，貝克特筆下的主角在追尋自我的同時，也怯於接近內心深處隱微的核心；也因為貝克特的人物和他人形成唇齒相依的共同體，彼此倚賴卻也互相對抗。因此，兩道勢力互相拉扯，無法前進也難以後退，只能在時間的洪流裡旋轉再旋轉，直到耗盡所有的精力。

白瑞德對現代小說的觀察，傳神地表現貝克特作品的特色：「我們的小說愈來愈注意沒有臉面沒有姓名的人物，他同時是每個人又不是任何人。」(白瑞德，頁71)貝克特的小說《不名者》(*The Unnamable*)和戲劇《非我》(*Not I*)的主角即是典型的例子。前者沒有姓名也沒有性別，甚至沒有軀體；後者是位年老婦人，既沒姓名也沒臉面，只有一張嘴在黑沉沉布幔的裂口，急促模糊的低喃：「她是——……什麼？……誰？……不！……她！……她……」這位七十歲以前因為瘖啞而無法和別人溝通，只能獨來獨往的婦人，某一日突然恢復語言能力，因此七十年的委屈化成洪水，頃刻間奔瀉而出，難以阻擋。舞台上只見她對著一位沉默而神秘的黑衣人，滔滔不絕訴說自身的故事，而且聲音愈形急促，語調愈趨模糊，然而主人翁的主詞不見了，代替的反而是第三人稱的「她」。整齣戲談的是老婦人的心聲，全篇卻沒有「我」這個詞。婦人拒絕承認「我」，可說絕然的自我棄絕。她在敘事中試圖尋找失去的

記憶和遺失的自我，但另一方面，她又拒絕那個陌生的我，於
是陷入不斷掙扎的漩渦——尋找又棄絕，棄絕又尋找。

　　除《非我》之外，貝克特的其他劇本，也不著重描述現代
人的故事，但是深刻地勾勒現代人的處境——面對空無的荒謬
感。英國學者Martin Esslin是首位以「荒謬劇場」形容貝克特、
尤涅斯柯、惹內和品特等劇作家作品的學者。他概括的荒謬劇
特色，頗能適切地形容貝克特劇場：沒有故事情節，缺乏栩栩
如生的角色，無開端也無結尾，對話不連貫，似乎只是夢境和
噩夢的反映(Esslin 1961，頁21-22)。貝克特戲劇沒有引人入勝
的情節，也少了個性鮮明的人物，更不會有高潮迭起的故事內
容，人物對話不交集，多半是個人的囈語；其劇情無始也無
終，只是人生片段的投射，是人類面對荒謬情境的內在反應。

　　Esslin說：「在音樂上荒謬的原意即是失去和諧。」(Esslin
1961，頁23)Esslin繼續引用尤涅斯柯評卡夫卡時為荒謬所下的
定義：「荒謬是缺乏目的……斷絕其宗教的、形而上的及超驗
的根源。人迷失了，他所有的行為變得無意義，荒謬且毫無作
用。」(Esslin 1961，頁23)因為根源被斷絕，人無所依恃，像
漂流木一樣載沉載浮；他和周圍環境失去和諧，內在的生命也
失去統一；他的努力變得毫無意義，因為所面對的是非理性的
世界。「荒謬劇場」所呈現的是現代人對此非理性世界最深層
的恐懼和無奈。而較之其他荒謬劇作家，貝克特更是具體地凸
顯恐懼甚至是恐怖的處境。《快樂天》的溫妮腰部以下被困在
沙堆裡，在驕陽下她必須忙於瑣碎而又重複的動作，藉以忽視
烈日逼照的痛苦，因此不斷地梳頭、照鏡、刷牙和絮絮叨叨過

去的美好歲月。隨著時間的流逝，沙堆愈積愈高，直至頸部，溫妮再也不能做任何動作以分散面對烈陽的焦慮。而鬧鐘是另一個可怕的迫害物，每當溫妮想閉眼休息片刻時，鬧鐘馬上作響，她被迫必須永遠保持清醒；於是面對漫長的時間和被制約的空間，所能做的是以僅剩可以活動的一張嘴敘述更多往事，甚至創造真假難辨的故事。這是人生極端無奈的寫照，貝克特作品裡呈現的就是這種荒謬和恐怖的人生處境。

貝克特的成名作，全以法文寫成。他和其他以第二語言寫作的作家不同處，在於其他作家考量的是以世界較通行的語言寫作，因為作品更容易被接納，如以英文寫作並以《黑暗之心》成名的波蘭作家康拉德(Joseph Conrad)，和以《遠離非洲》成名的丹麥作家Isak Dinesen。貝克特卻捨棄最優勢的語言——英文，而選擇法文寫作。在一次訪談時貝克特說明原因：「英文承載太多的聯想和典故。」(Knowlson，頁357)他想獲得的是簡單和客觀，以法文寫作，使他可以割捨冗言贅語和多餘的顏色，且能專注於語言的音樂性。

貝克特的語言幾近巴哈的音樂，乾淨簡單、具備高度的數學性，在字裡行間幾乎可見平均和對位等數學概念被轉化為音樂，跳躍出鏗鏘有力的節奏和極其節制的旋律。Knowlson曾說：「許多導貝克特作品而失敗的例子，是因為導演或演員忽略劇本的音樂性。」(Knowlson，頁696)最了解音樂難以翻譯的作家則非阿根廷詩人波赫士 (Jorge Luis Borges)莫屬了。波赫士在美國的一場演說中，提到奧國的批評家漢斯立克對音樂的看法：「音樂是我們能夠使用的語言，是我們能夠了解的語

言，不過卻是我們無法翻譯的。」(波赫士，頁102)此乃說明翻譯貝克特作品最困難之處。

　　貝克特力求單純的特性也是考驗演員的功力之一。貝克特親自導戲時，跟演員反覆叮嚀「少顏色」，乃說明貝克特所追求的寫作風格是簡約。這種丟掉複雜及多餘的形式和當時流行的極簡主義(Minimalism)有頗多吻合之處。極簡主義作品的組成原則，即以最低限度的事件(incident)或組成（compositional）的策略來建構單純的畫面，迥異於色彩繽紛或形構複雜的藝術作品。和所有的極簡主義藝術家一樣，貝克特也特別珍惜墨水。我們不見其長篇劇作，而三篇中篇《等待果陀》、《終局》和《快樂天》之後，是愈來愈短的短劇，甚至短至演出時間只有一分鐘的作品《呼吸》(*Breath*)。這種極簡風格也寫下劇場史的新一頁，就如Alvarez所說的：「貝克特改變了整個現代戲劇。」(Alvarez，頁3)

　　相對於簡潔的對話，貝克特劇場充斥大量的舞台指示，有時甚至多於人物的對話。貝克特惜話如金，充斥舞台的是停頓和沉默。幾乎每一畫面都是安靜沉默，彷彿是無聲電影。其兩齣啞劇《無言劇一》和《無言劇二》(*Act Without Words I & Act Without Words II*)更是完全捨語言而只有動作的默劇。貝克特不但在語言上力求精簡，連整個戲劇形式也幾乎試圖簡化於空無，就像極簡繪畫把所有的顏色化約成全白或全黑，不留任何其他色彩，比荷蘭畫家蒙德里安(P. Modrian)的幾何圖形更具視覺挑戰。然而細看圖畫，仍可見白色之下尚有不同色調的白，黑色之下也有繁複色差的黑。如此多層次的白或黑，是畫

家對世間所有顏色經過哲思之後化約而成的抽象作品。而貝克
特晚期之作，所蘊含的哲理也和極簡繪畫具異曲同工之妙。

　　貝克特獲諾貝爾文學獎的同年，推出史上最短的劇《呼
吸》。昏暗的燈光照在布滿垃圾的舞台上，五秒過後，響起微
弱而簡短的哭聲，緊跟著是由擴音器播放的吸氣聲。燈光增強
到極限約十秒，繼之是五秒鐘的沉默，然後是呼氣聲。燈光逐
漸減弱約十秒，之後緊隨的是簡短的哭聲，和五秒鐘的沉默。
此劇的長度約一分鐘，卻強而有力地表達人生的處境——活著
就是沉重的呼吸和微弱的哭泣聲，緊隨著的是無止盡的沉默。

　　沉默和停頓是貝克特戲劇裡，讀者和觀眾最不能忽視的特
色。我們在伊底帕斯王自剮雙眼，對著眾神和他的子民懺悔
後，聽到最沉重的靜默聲；我們也在哈姆雷特得知父王被毒
害，此後必須承擔復仇的重任時，感受到憤怒的沉默。但是在
西方戲劇裡，卻沒有人曾如此刻意凸顯沉默和停頓，把這兩個
無聲的語言，發揮到極致，成為劇中不可或缺的元素。貝克特
的人物就是唱這些副歌，來表達他們對自身處境的不解或甚至
是自嘲。貝克特之後，幾乎每一劇作家則更自信地使用沉默
（Brater，頁32）。2005年諾貝爾文學獎得主劇作家哈洛‧品特
（Harold Pinter），即承認其作品受惠於貝克特，大量運用沉默的
技巧乃學自貝克特。品特戲劇裡的人物幾乎以沉默作為武器，
和對手做一場又一場的鬥爭。而另一劇作家Franz Xavier Kreutz
的 The Nest裡的沉默竟維持二十多分鐘之久。因為舞台上充斥
沉默和停頓，人物與人物之間的間隙因此擴大且加深，觀眾似
乎隨時可感受緊張和不安的氣氛，這正是現代劇劇一股龐大難

以抵禦的狂潮，而帶領此狂潮者即是貝克特。然而在不安的氛圍裡，觀眾感受最深的是，貝克特的人物皆帶著堅不可摧的毅力，挑戰喧喧擾擾的外在世界。《等待果陀》裡的迪迪和果果及《終局》裡的哈姆及克羅夫即是典型的例子。

叁、《等待果陀》和《終局》導論

　　貝克特被視為西方戲劇從現代主義轉入後現代主義最具代表性的人物，英國學者John Pilling更認為《等待果陀》和《終局》是現代西方劇場演變中極重要的過渡作品。此兩齣作品摒棄契訶夫、易卜生和史特林堡的心理寫實主義，也異於亞陶側重身體符號的劇場特色(Pilling 1994，頁68)。和傳統戲劇一樣，此兩齣作品被當作純文本閱讀，讀者仍可讀出興味，但是劇中缺乏故事、反高潮的劇情、扁平式的人物、片段式和即興式的對話皆成為後現代戲劇的濫觴。《等待果陀》於千禧年被英國人票選為20世紀最具代表性的劇作，和被選為最經典文學作品的喬伊斯之作《尤利西斯》互相輝映，足以說明《等待果陀》在戲劇史上不朽的地位。

　　1947至1949年貝克特著手寫《等待果陀》期間，也完成最被稱頌的小說三部曲《莫洛伊》、《馬龍之死》和《不名者》。此三部小說已預示貝克特後來作品的主題和寫作風格，之後無論是中篇或短篇劇本，無不接續甚至加強此三部曲的主旨和風格——小說裡環形封閉的結構，情節不斷衍生卻又馬上被消解，人物喋喋不休述說個人的故事，故事看似瑣碎，內容

卻啓人疑竇。讀者隨著敘事內容進入人物的內心世界,最後卻發現那是個無底黑洞,不由自主地旋轉再旋轉,永遠觸摸不到底部。

一、小說三部曲

首部曲《莫洛伊》由兩則獨白組成。第一部分是莫洛伊臨死之前的獨白:莫洛伊特地來尋找母親,卻不見其蹤跡。他獨守母親的房間,回憶昔日的瑣碎往事。莫洛伊雖然希望找到母親,另一方面卻痛恨母親生下他。出生是莫洛伊最難以承受的負擔,讀者在貝克特論普魯斯特文章時所說的「出生的原罪」已可見端倪(Beckett 1970,頁67)。第二部分是私家偵探墨仁(Moran)的獨白,墨仁受雇於神秘人物尤迪(Youdi)(另一個果陀?),追蹤莫洛伊。在原因不明的情形下,墨仁身心逐漸衰竭。莫洛伊和墨仁可能是一體兩面。墨仁想釐清纏繞心中的許多影像,後來莫洛伊的影像逐漸顯現,但是此時讀者已分不清是莫洛伊捏造墨仁的影像或墨仁創造莫洛伊的幻影。他說:「也許我創造他,我發現他早在我腦中成形。」(Beckett 1994,頁120)莫洛伊和墨仁皆喜歡製造循環式的故事,結尾轉成故事的開端,其內容也因此真假難辨,難以信賴,例如墨仁說:「是夜半時分,不是夜半時分。」這種後句消解前句並製造意義模稜兩可的語彙,在《等待果陀》和《終局》裡俯拾即是。

在第二部作品《馬龍之死》裡,馬龍是位即將死亡的癱瘓者,困在狹小的床上,動彈不得。所幸還有一枝筆可創造綿綿

不絕的故事，以填補死亡逼臨的恐懼和空虛感。貝克特的名句「沒有比虛無更眞實的」（Beckett 1994，頁193），乃出自於馬龍的獨白。即將死亡的前一刻是個漫長的等待過程，在被誇大又被拉長的時間裡，馬龍期待在死亡的那一刻，能了解眞實且無時間性的自我。但是和貝克特筆下的其他人物一樣，馬龍陷在由自己製造的循環式漩渦裡，而難以達到中心點。另則，馬龍和他的前輩一樣，說著似是而非的話：「彷彿什麼事也沒發生或曾經再發生。」他的追隨者《等待果陀》裡的迪迪和果果不免俗地在一陣嬉鬧之後，最常說的也是：「什麼也沒發生。」

　　到了《不名者》時，主角是個沒有軀體的聲音，藏在一家餐廳窗戶邊的瓶子中。在灰色不透明的光裡，一開始聲音回響著：「現在哪裡？現在誰？現在何時？」（Beckett 1994，頁293）一切混沌不明，主角不知身在何處，甚至不知時間也不知自己是誰？緊接著那聲音發出了肯定句：「毫無疑問，我，說我。」但是數行之後又是不確定及否定：「我似乎說，那不是我，關於我，那不是我。」（Beckett 1994，頁293）聲音似乎陷入了我與非我之間的糾葛，無法和諧自處，但同時也產生互相消解、模糊不清的朦朧意象。最後聲音以幾句重複話作結：「我不能繼續，我必須繼續。……我們不能繼續，我必須繼續……」（Beckett 1994，頁418），成爲一串纏綿繚樑不絕如縷的迴音。這幾句語意曖昧、難以確定的話語，後來成爲貝克特一首詩的標題，也成爲《等待果陀》的主旋律。

二、《等待果陀》導論

　　貝克特的每一作品雖是獨立之作，彼此之間卻有明顯的關聯、重複和指涉，彷彿作者有幾十年的完整寫書計畫，只是分梯次完成而已。《等待果陀》和《終局》分享三部曲追尋自我的主旨和循環的結構，劇中許多意有所指的符號，讀者在三部曲裡也似曾相識。

　　《等待果陀》接續三部曲缺乏故事情節的特色。若要詳細介紹情節，只能說有兩個年紀不明、像流浪漢又似小丑的難兄難弟(迪迪和果果)，來到鄉村小路的一棵樹旁，等待名為果陀的人，兩人以支離破碎的對話和重複撥弄鞋子、帽子，及不斷來回走動等細瑣的動作打發時間。一對主僕(潑佐和幸運)經過，迪迪、果果和他們有短暫的交談之後，主僕離開了。一個小男孩帶來信息：「果陀今晚不會來，但是明天一定會來。」迪迪和果果打算上吊，卻發現沒帶繩子。兩人在「我們走」和「好。我們走」的對話後，仍留在舞台上，直到幕落。第二幕重複之前的情節，在同一地點和同一時間，兩人繼續等待果陀的同時，又遇到同一對主僕，不同的是潑佐失明，幸運瘖啞。他們離開後，一個小男孩又帶來一樣的信息：「果陀今晚不能來，但明天一定來。」兩人又嘗試自殺，仍沒成功，最後想離開又沒離開，直到劇終。

　　如此簡單的情節，卻有明顯的重複性。第二幕迪迪所唱的歌，已暗示一個環形的結構。狗死了，牠的同伴挖墳為牠立碑，之後一隻狗死了，其他的狗為牠挖墳立碑。只要歌聲不

停，狗來狗往，彷彿繞著一個圈圈旋轉永不止歇。我們可以想像如果還有第三幕或第四幕，這對難兄難弟還會繼續等待果陀，而小男孩會再捎來同樣的信息：「果陀先生明天一定會來。」也許果陀不會來，但是我們確信他們會盡責地等下去。遺憾的是他們永遠碰不到核心，因為核心人物始終缺席。

　　這是個無止盡的循環，但在循環中，我們看到劇中人物的身體日漸退化，就像三部曲裡的角色逐漸萎縮一樣：從可以行動的莫洛伊，到癱瘓的馬龍，又到只剩聲音的不名者。在第一幕趾高氣昂、目中無人、享盡物質欲望，又極盡能事奴役僕人的潑佐，到了第二幕已是兩眼失明，完全仰賴原想帶到市集賣個好價錢的幸運；甚至跌倒時，得靠視為下等人的迪迪和果果扶他起來。潑佐失去的不僅是視力，還有自尊和驕傲。事實上，潑佐的衰竭，在第一幕裡，從他陸續遺失菸斗、噴霧器和手錶已可見端倪。幸運接踵主人的步伐，在第一幕裡跳舞並思考，從口中透露深含哲思且具警示的預言，到了第二幕卻成為啞口無言、不能將思考形諸於語言的人。同樣地，迪迪和果果的情景也是每況愈下，再也沒有胡蘿蔔，只剩蘿蔔，到最後也只有大頭菜了。而他們曾在羅恩河有過一段浪漫的歲月，也曾風光地手牽手到艾菲爾鐵塔，現在則被列為拒絕往來戶了。果果曾是詩人，但是形容月亮時，只能借用英國詩人雪萊的詩句：「疲倦所以蒼白。」和果果比較，頗富哲思的迪迪則像思想家，但是在第二幕他也只能重複潑佐對人生頗多慨歎的句子：「腳跨墳墓難產。」（頁120）另外，第一幕自殺的念頭讓兩人「性」致勃勃，但第二幕他們又試圖自殺時，果果則如同

小丑，褲子掉落而不自知。他們的身體退化了，精力減少了。從角色身體的變化，及美好時光不再，我們看到時間的流逝，時間在他們身上運作，讓他們愈形蒼老也愈接近死亡。

(一)時間與記憶

Knowlson說貝克特的小說處理的大部分是空間、自我和時間的哲學問題(Knowlson，頁375)。此句也適用於其劇本，首先我們要分析的是時間。Hesla在討論《等待果陀》的角色日漸頹圮的身體時，下了極其貼切的結論：「時間是共同的敵人。」(Hesla，頁130)潑佐認為時間「啪！……就在我們最料想不到的時刻」消失了(頁46)。對於趕路的人而言，忙於自身的動作，感受不到時間在動作中的流失，唯有停下來時，才發現時間已然飛逝，因此潑佐於頃刻間失明，時間毫無預警地在他身上留下可怕的痕跡。相反地，迪迪和果果在等待中，卻感受時間的漫長，因此等待成為難以承受的煎熬。因為每一刻的等待都蘊含希望，但是每一刻的流逝也說明希望的落空。對極具哲思的迪迪而言，「時間停止了。」(頁44)因為他看到時間在變動中也有恆常不變的法則，那就是無止盡的等待。時間在等待中被拉長，也因此更凸顯等待時心靈所受的折磨。但是另一方面，這位觀察細膩的哲學家，看到時間消逝時，也看到一切事物的不確定性，因為每一刻都是新的起點，而流逝的從此流逝，成為過去。

過去不可追，卻是記憶的儲存所，成為一個可填補也可隨時抹除，甚至可以變化內容的虛幻空間。記憶因時間而流動，因人而變化，記憶的可信度因此顯得脆弱而不可恃。五十年來

迪迪和果果患難與共，無法分離，幾次果果提出分手，但仍乖順地回到迪迪身邊；像數十年的夫妻，甜蜜不再，卻彼此依賴。這對流浪漢幾乎擁有共同的生活經驗，因此迪迪的記憶需要果果佐證，果果的回憶也得靠迪迪認可，但是兩人彷彿各拿擦子試圖抹除對方所寫的紀錄。當其中一人試著回憶特定事件時，另一位則急忙否認或佯裝不知情；當果果否認迪迪記憶的同時，迪迪也拒絕和果果一起勾勒舊時的美好時光，及聆聽其幽微隱秘的夢世界。

　　第一幕潑佐和幸運離開後，迪迪感慨這對主僕改變不少，然而果果堅持不認識他們。在果果數次否認後，迪迪深受影響。他三次重複那句：「除非他們不是原來的……」（頁61）說明迪迪對自己的記憶，也開始信心動搖。第二幕，果果幾乎忘記昨天所發生的事，又讓迪迪看到玩弄記憶的可怕，直到他看到幸運的帽子確定他的記憶不假，才似乎看到希望；然而好景不常，潑佐又跟他開了最殘酷的笑話。潑佐斷然否認見過這對流浪漢，甚至明言：「明天我也不記得今天見過任何人。」（頁116）如此加倍否定，則徹底抹殺迪迪一心想建立的自信。潑佐離開後，果果懷疑潑佐可能是果陀，迪迪三次否認果果所言：「不可能。」但是一句比一句更不確定，似乎連他也無法肯定他所見的。最後，他頹然地說：「我不知道能思考什麼了。」（頁119）迪迪賴以維繫的經驗一一被否定之後，他已無所適從，於是開始懷疑自己的一生是否只是在夢中度過。他已不知什麼是真理，什麼是可憑藉的。另外，第一幕果果提及曾在羅恩河跳河，那是他們曾經一起採收葡萄的地方，但是到了

第二幕，當迪迪試著記起地名時，果果一句：「我什麼都沒注意到。」把彼此之間的共有回憶抹除得乾乾淨淨，難怪迪迪慨歎：「記憶玩的是最厲害的把戲！」（頁64）

如果和朝夕相處的伴侶共有的回憶皆被否認時，過去的經驗則失去意義。生命是一條永遠相續的河流，是所有時間的總合，任何一刻都和前後的時間難以劃分，因此過去是現在的基礎，未來是現在的展望。既然過去已如過眼雲煙，瞬間消散，而未來也虛虛渺渺，難以成形。迪迪所能面對的只剩現在的時刻，而現在的每一時刻都是為了等待果陀。假如果陀代表未來，可以想像迪迪的未來，是個永遠不會實現的美麗諾言。迪迪在劇終時顯得落寞，乃因他賴以生存的基礎已蕩然無存了。他雖堅持等待，卻漸漸明白所有的希望，將在果陀一次又一次的爽約以及男孩重複否認見過他之後，變得愈來愈渺茫。

當果果拒絕參與迪迪的回憶，讓迪迪深刻地感受生命的不確定性時，果果也因迪迪不願分享其個人經驗而顯得孤單。小土堆是果果的休憩地，是作夢之處，只要他心生煩躁，或不與迪迪共舞時，小土堆即成為他的避難所。果果三次在小土堆上睡著，每一次他想和迪迪分享夢中情景，屢次被拒。果果指著宇宙，傷心地問迪迪：「這個就夠了嗎？……如果我不能跟你說，我向誰說那些私密的夢魘？」（頁15）迪迪卻希望讓夢魘永遠保存在私密空間裡。作夢時乃處於時間之外的時間及空間之外的空間，是務實的迪迪難以承受的。他在現實的時空裡，已受盡等待之苦，何需再受制於另一個他無法感覺的時間和不能碰觸的空間呢？他的任務只是盡本分地等待果陀的出現，至於

任何感性的情境則非他所願面對的。相較於迪迪，果果則不耐煩等待的宿命，每次提議要離開的人，是他；忘了果陀名字的人，也是他；甚至建議上吊的人，更是他。這位自許爲詩人、重感官且感性的果果，也許自始至終即知自己未來的命運。縱使和同伴認命地繼續等待果陀，他仍難逃被詛咒的劫難。

　　《等待果陀》裡的不確定性不僅表現於時間裡，連救贖的機率也預示了不可靠性。迪迪提到和耶穌一起被釘十字架的兩個小偷，一人得救一人被處死。五十對五十的機率，正說明果果和迪迪同時面臨命運難卜的處境。然而只要離開鄉村小路即被數人圍毆的果果，也許將步被詛咒的小偷之後塵。果果容易擔驚受怕的心理，也反應他對未來早已失去信心。當兩人同時聽到潑佐的聲音，迪迪以爲果陀來赴約時，興奮地認爲他可以解脫了，迪迪拉果果迎向他以爲的果陀，果果極力抗拒，立即離開。果果連續兩句：「我被詛咒了。」（頁95）「我在地獄了！」（頁95）充分顯露他日夜等待的果陀，也許即將帶給他的不是救贖而是懲罰。也因此，不難想像爲何果果容易沉溺於夢中，不論是噩夢或美夢，因爲那是避開現實困境的安全窩。果陀如果代表未來，果果的夢則既非過去，亦非現在更非未來。果果進入夢裡，即是躲入果陀掌控力無法企及的地方。對於常處於挨打卻不知爲何受苦的果果，夢就是時間之外的安全之所。我們因此也不訝異，爲何他不熱中於等待果陀，更別說記起任何和果陀有關的過去。和迪迪玩記憶遊戲也許是個最能打發時間，又不必重溫可怕經驗的方法。

　　和果果一樣，潑佐也是玩記憶遊戲的高手，第二幕潑佐否

認曾見過迪迪和果果，由此推論，我們可以相信第一幕迪迪宣稱以前見過潑佐和幸運的話。但是在第一幕裡，潑佐的反應彷彿是第一次認識這對流浪漢。他告訴他們自己的記憶有缺陷，不記得說過什麼話，他的話也不足信。此乃明示，潑佐和他們的互動無論多頻繁或多熱絡，只要過了另一天，他就翻臉不認人，如同他在第二幕對待迪迪和果果的態度。對馬不停蹄的潑佐而言，過去是不存在的，因為趕路的人，目的地是未來的指標，未來才是他們所重視的；現在的每一刻皆為未來舖路，但同時也在瞬間即成過去，因此現在也不重要了。既然現在和過去不重要，記憶就顯得毫無意義，他否認見過這對難兄難弟，正說明過去的經驗在他心中不留任何痕跡，當然也無法記憶了。潑佐所依賴的是其祖父留給他的掛錶，當掛錶遺失後，時間已不復存在。目盲之後，更感受不到時間的流逝了。潑佐說：「瞎子沒有時間觀念。他們也看不到時間裡的東西。」（頁114）過去、現在和未來已無分別，對目盲的潑佐而言，連未來也不存在，因為他活在虛空裡，對時間已失去感知的能力。

潑佐學習思考的指導老師幸運，卻是個對時間特別敏感的人，他看到時間在人的身上也在宇宙之間運作。他重複多次的警句，明示人類身體日趨萎縮、逐漸凋零、勞力消失。熊熊的火焰自地底熾熱地燃燒，如果不停止，可能會燒到天際，之後即是一片寧靜，也許就是後來他所描繪的死寂：「之後此大地在酷寒漆黑中空氣和地上的石頭在酷寒中。」（頁55）幸運已預言，人類及天地之間將有所變化，但變化的原因不詳，然而時

間會說明。又是另一個等待，卻是比迪迪和果果的等待更具考驗的等待，是自洪荒以來人類日夜追尋，但至今仍得不到答案的等待；而這種可能沒有希望的等待永不會歇息，因爲「未完成的勞力」會迫使人類永不間斷地探尋。

　　等待的目標指向未來，但是等待的動作是當下；過了當下，任何事皆顯得無足輕重，而未來也顯得毫無意義；因爲等待所強調的是等待時的那一刻，所以只有現在才是被關心的。因此不難理解，幸運放下袋子之後，迪迪認爲潑佐回答爲何幸運不放下袋子的問題已失去意義，因爲潑佐回答的當下，幸運已做另一個動作。迪迪認爲幸運當下的動作才是潑佐應該探尋的。貝克特在其他作品裡常以垃圾和穀粒象徵時間的流逝，如《莫洛伊》和《終局》。貝克特論及古希臘哲學家Heraclitus時，曾在他的筆記本寫著：「在他的宇宙裡，最重要的是變動不拘。」（Knowlson，頁374）變動成爲貝克特作品裡很重要的元素，也是其人物難以避免而又必須面對的困境。莫洛伊對時間的觀念，即寫出貝克特人物的原型：「垃圾在改變中，縱使所有的垃圾是一樣的也無關緊要，垃圾的改變是好現象，不時地從一堆到另一堆……」（Beckett 1994，頁41）此句呼應果果那句：「連膿也沒有一刻是一樣的。」（頁76）過了須臾的一刻，所有的現象再也無法保留原貌了。幸運不僅看到時間的變動，也把時間背在身上。從潑佐回答迪迪有關幸運袋子裡裝的是沙子，我們看到貝克特巧妙地讓時間具體化。潑佐無法感受時間的流動，幸運卻時時感覺時間的存在。幸運被另三人撲倒之後，摸到袋子才逐漸恢復知覺。唯有觸摸到時間，幸運才能重

新生活，然而在時間的運作中，幸運看到自己無論是身體或思考都在退化中。第二幕裡，他和他的上帝一樣患了失語症，他再也無法預言，當然更無法透露那個遲遲未解決的答案。

　　借用詩人余光中的句子：「答案啊，答案啊，你在風中。」足以表達《等待果陀》的角色所面臨的不確定感。風中的答案不可得，果陀是否會來也成為無解的問題。兩組人馬各有不同的內在時間觀，透過彼此的互動而產生制衡，使其共有的經驗變得真假難辨。而他們共聚一堂的外在時間，也充滿模糊性和不確定感。迪迪和果果被要求於傍晚時赴約，而潑佐也於此時和他們接觸。傍晚既非白日也非夜晚，介於全然明亮和徹底黑暗之間，游離於是和非的混沌狀態。傍晚這個最不確定性的時間，說明「果陀不是連接亮光即是黑暗。」(Levy，頁34)這兩種可能更增添迪迪和果果的命運難卜。果果那句：「這傍晚……這種緊張狀態……那一時……我以為……」(頁26)，就足以透露他們等待的時間如此曖昧不明，因此更增加果陀是否現身的不定性，及他們等待的焦慮感。

(二)空間與地點

　　《等待果陀》裡的時間彷彿悠長緩慢的河水，潺潺流向沒有盡頭的海洋。迪迪和果果在茫茫無絕期的等待中，感受人類生命的荒謬性。時間如此漫長，只好費盡心思填補它所帶來的空虛感，所以迪迪玩弄帽子、果果戲弄鞋子，迪迪沉思、果果打盹；他們說話、辱罵對方、提議上吊，所有的動作只為了消磨時間。但是他們在時間的河流裡，無法確定所發生的事。同樣地，《等待果陀》提供的空間也充滿不確定性，但和漫長的

時間相比，其空間則顯得侷限而不自由。

　　迪迪和果果被指定在鄉村小路的一棵樹旁等待果陀。鄉村小路是個可以無限擴展的空間，例如套在幸運脖子上的繩子延伸至舞台外，乃說明其空間超乎觀眾視力所及之處。鄉村小路強調的是沒有中心和焦點的世界感(Levy，頁178)。它提供的是一個空無的空間，既無歷史情境也缺乏社會標記，反而是個模稜兩可、充滿不確定性的背景(Bradby，頁34)。因為沒有文明的標記，鄉村小路成為一個難以辨認的地方。潑佐失明之後，問迪迪他身於何處。迪迪的回答：「難以形容，什麼都不像，什麼也沒有，只有一棵樹。」(頁114)乃說明此空間的模糊性。

　　值得注意的是那一棵樹。貝克特在此又善用對立的系統。在開放的鄉村小路上，一棵樹卻限定了這對流浪漢的活動空間。無論他們走多遠，每當傍晚時，他們仍須回來赴約。如同馬龍被困在那張窄窄的床上，迪迪和果果也受制於樹旁小小的空間。窄隘的空間凸顯馬龍等待死亡的時間如此漫長而難耐，也強化迪迪和果果等待果陀的時間如此悠長而折磨。狹小的空間把心理意識的時間拉長，也把等待的焦慮感擴大。我們不難想像，聖昆丁監獄的犯人困在幾呎見方的牢房裡渴望重見光明的殷切心情。貝克特人物所面臨的，就是這種由有限空間和無限時間交互激發的扞格和衝突，就像聖昆丁監獄的犯人，在杌陧不安的情境裡摸索生命的出口。

　　聖昆丁監獄犯人的刑期指日可待，縱使無期徒刑的犯人也知道他們將老死於監獄，然而這對流浪漢的等待日期充滿變

數，永遠無法預知果陀是否會履約。尤有甚者，他們所處的地
點也充滿不確定性。一棵枯樹限定他們的活動範圍，但也模糊
他們的認知。兩人面對同一棵枯樹，卻對樹有不同的稱謂。果
果認為他所見的是矮樹，迪迪則認為是灌木。因為認知不同，
迪迪開始懷疑他們來錯地方。面對形相缺少特色的枯樹，迪迪
對於約會地點也不具信心了。第二幕果果甚至對眼前的樹視而
不見，無視於迪迪興奮地指著樹上新生的葉子，而否決眼前的
形相：「我什麼都沒看見。」（頁84）對於「一生都在爛泥堆裡
打滾」的果果而言，水溝是他睡覺的地方，小土堆是他作夢的
休憩地。他的活動空間最貼近地面，他看不到地面之外的事
物，也無視於半空中的葉子，更別說能確定眼前的樹是他和果
陀約會的地點。

　　劇中的枯樹不但暗示地點的不確定性，也隱藏另一個更殘
酷的事實。迪迪在劇首提到兩個小偷和耶穌被釘十字架之事，
我們不難聯想這棵枯樹和十字架的關係。每一幕結束前，迪迪
和果果都嘗試上吊自殺，更強化此象徵意義。貝克特親自導此
戲時，特別要求飾演迪迪的演員做金雞獨立動作，必須兩手伸
出，和樹呈十字架的形狀（Worth，頁29），更說明枯樹暗示這
對流浪漢可能和耶穌或和兩個小偷一樣將面臨受難。但是流浪
漢和耶穌不同的是，後者「住的地方溫暖又乾爽」，而且他的
敵人「很快把他釘上十字架。」（頁67），然而果果睡眠之處是
陰濕的水溝，他和迪迪面臨的是漫長的折磨，就如同迪迪所
說：「每個人都有小小十字架要背，直到他死了，而且被遺忘
了。」（頁78）他們兩次自殺失敗，也說明他們無法如耶穌一樣

壯烈成仁，反而必須拖著十字架悠悠緩緩地過一生（Marvel，頁
58）。

　　行色匆匆的潑佐和幸運的活動空間不受限於枯樹。潑佐自
稱莊園是他的私產，他來去自如；其目的地是市集，可想像他
的空間超越莊園。潑佐和幸運的空間似乎比迪迪和果果廣袤，
然而維繫潑佐和幸運之間的繩子，卻限制了他們的空間，尤其
當潑佐失明、幸運瘖啞之後，繩子縮短，他們更是彼此倚賴、
互相牽制，其活動空間只限於兩人之間的一線距離。另一方
面，因為形體衰頹，彼此更需要對方，市集已不具意義，潑佐
和幸運彷彿任意漂流的浮萍，游離於沒有中心和焦點的空間。
他們將永不停止、漫無目的地行走，比迪迪和果果更像流漢
浪，跌倒了等待路人扶起，起來之後再繼續遊走他方。迪迪和
果果則在樹下，等待他們一日之雅的朋友再次短暫的接觸，然
後分道揚鑣，各自守本分地完成各自的旅程。

（三）追尋自我

　　白瑞德在那本不斷再版的《非理性的人》裡，提及笛卡兒
的名句「我思，故我在」赤裸裸地呈現「人類被禁錮在他的自
我之中」，「是近代哲學同時也是近代的開端」（白瑞德，
251）。當人類拋掉上帝的羽翼之後，才赫然看到陌生的自己。
對笛卡兒而言，自我和外在自然世界截然劃分，甚至敵對。原
來人類如此孤單無依，他的上帝已遠離，而他也不屬於外在自
然世界。在西方，沒有任何一個時代的文學像近代一樣，挖空
心思地探索人類內心幽微的世界，和盡其所能地想了解其存在
的意義；也沒有任何時代像近代人一樣，在尋尋覓覓之後卻更

茫然不解和惶恐不安。二次大戰前後流行於西方的存在主義，即深刻地勾勒近代西方心靈的困窘和努力。

貝克特的作品探討人類存在的本質和自我的探尋，和存在主義研究的主題有異曲同工之妙。我們甚至訝然發現，同樣活躍於巴黎的貝克特和沙特在文學和哲學上，竟有諸多可以對話的空間。沙特的經典之作《存在與虛無》提供的哲學觀點，讓我們能藉此更深入貝克特的文學領域。《存在與虛無》是沙特對海德格的《存有與時間》的延伸和演繹，因此我們有必要先略述兩位哲學家的觀念，以詳究《等待果陀》裡的微言大義。

海德格認為人被拋到世界來，便說明了其荒謬性；因為人的出生是被命定的，人類的存在則毫無理由，無法說明。但是一反笛卡兒的二元對立理論，海德格主張人不是從孤獨的自我向外看世界，因為他已身在世界之內，人和外在世界是一體的，而且無法分開。在這個世界裡，只有芸芸眾生而沒有自我。人在成為真正的自我之前只是個「某一」（the One），是「不具個人人格的大眾生物」，那是處於「失落」（fallenness，德文為verfallenheit)的情境中，但是死亡和焦慮改變這種失落的狀態，讓我們深思存在的意義，也看到自我（白瑞德，頁252-255）。因為死亡無法預期，即透露我們存在的有限性，而我們的有限性乃表現在時間上。人的存在隨時向著未來開展，因為在那個領域裡，人確定他自己的存有。海德格認為未來最重要，但在前瞻時，他也承擔過去。未來是「尚未」（the not-yet)，過去是「不再」（the no-longer)；這兩個否定充滿他的存在(白瑞德，頁263-4)。人一進入這個世界，即進入它的歷

史。因此，「人這個存有，無論他的自覺程度如何，總是從歷史的角度而且必然以這個角度去了解他自己的存有。」（白瑞德，頁266）

　　沙特進一步發揮海德格的時間觀點。他指出人類生活於變動不居的時間裡，和過去的一刻及未來一刻的自己永遠不會雷同。人不是固定不動的東西，他在時間裡不是超越自己就是落後自己；人注定處於不定的狀態中，永遠無法成為固定的自己。但是他冀求安定的存在，焦慮感於是因應而生。沙特借用海德格的理論，認為焦慮和恐懼有所分別。海德格認為，「我們在恐怖中體驗到『空無』，因為恐怖情意使一切存有溜走。」（勞思光，頁56）因為人是被動的，外在世界可能使我們的生活改變，我們身在沒有保障的世界裡，因此產生恐懼。沙特將此論點做更深刻的分析，他說：「恐懼是對超越的東西不假思索的領會，而焦慮則是對自我反思的領會。」（沙特，頁67）焦慮和恐懼不同的是個體對情境多了反省動作，我擔心達不到我所欲求的，但是我還是介入實現這個欲求的可能性活動（沙特，頁75）。易言之，焦慮比恐懼多了個人思索及反省的過程。

　　海德格認為人可以自由選擇成為真正的自我，也可以僅是表面爭取一個不屬於自己的自我，只做「某一」；他認為自我「是人對自己採取選擇態度的存在。」（項退結，頁69）沙特將此選擇稱為自由。「人的自由之為自由，僅僅是因為人的選擇永遠是自由的。自由的行動就是選擇的行動。」（沙特，頁135）沙特也強調，人的確有不斷選擇的自由，但是不能忽略的

是伴隨自由而來的是我們無法推卸的責任。同是20世紀顯學的佛洛伊德精神分析學把人類的行動趨力推向潛意識，沙特強調的卻是人的自由意志，同時也凸顯人的責任；人為自己所有的抉擇而負責任。然而人類擁有自由的同時也看到虛無，因為無論選擇那一個，必將失去另一個，是永遠的不足和空缺。另外，人在自由選擇時，也常以自欺適應他所處的世界。他在所處的社會裡，扮演不同的角色，總是機械地做出身分應有的標準動作，因此人成為他扮演的他，也成為不是他的自己。自欺的原始動機是為了逃避人們不能逃避的東西——面對自我，也因此逃避的動作，乃是向自欺揭示了存在於內部的內在分裂（沙特，頁120）。白瑞德認為，在沙特抽絲剝繭下，在西方思潮裡，自我從來沒有如此充斥否定。沙特處理下的自我，最終只是個空無（白瑞德，頁286）。

　　《等待果陀》首演之後，貝克特面臨絡繹不絕的重複問題：「果陀是上帝嗎？」包括在巴黎首演的導演Roger Blin對於果陀究竟是誰也不免好奇。貝克特回答：「如果我知道，我早寫在劇本裡。」（Marvel，頁23）這個沒有答案的答案，透露詮釋果陀的空間比我們想像的還寬廣。Worton認為果陀是我們所想的同時也不是我們所想的，他是個空缺，他是上帝、死亡，甚至是潑佐。果陀的功能甚於其代表的意義，因為他提供這個沒有希望的時代一個未知的希望（Pilling 1994，頁70-71）。果陀是否代表希望，有待後文討論，但是，果陀是個空缺而且有其特定的功能，卻是值得我們認真思索。

　　沙特以在咖啡館等待朋友為例，說明當我們心中有所期待

時，縱使朋友未履約，在等待的期間，我們對咖啡館所流露的
情緒已截然不同。因此「不能把存在定義爲在場(presence)，
因爲不在場(absence)也揭示存在，因爲不在那裡仍然是存
在。」(沙特，頁6)由此，我們可以說果陀不在場也是存在。
因爲果陀雖不在場，卻徹底影響等待他的人的命運和人生觀。
果陀是等待的對象，是我們一生中無數等待的總合。人類有此
對象，生命的意義開始有了變化，無論是好是壞。此劇的主題
不是果陀而是等待：等待的動作，等待時的心境及等待的意
義。其法文版的標題《等待果陀時》(En Attendant Godot)更貼
切地強調人在等待時所做的事(Graver1989，頁43)。此乃說明
劇作家創作此劇時，著重的不是果陀而是等待的動作和意義。
而Busi認爲「這對流浪漢是在等待他們自己。」(Busi，頁2)也
許更值得我們探討。

　　等待不是靜止，而是沒動作的動作。我們走路、休息時等
待，和朋友聊天、打球時等待，和敵人你爭我奪時也等待。既
然等待不是特定的動作，我們則如何看出等待的動作和意義
呢？Reid做了最好的詮釋，他認爲《等待果陀》「是把等待的
無知、無能和無趣視覺化並且聽覺化地呈現在舞台上。」
(Reid，頁52)和等待果陀的神聖使命比較，迪迪和果果一再重
複的瑣碎動作，顯得世俗、沒有建樹、了無生趣。果果幾次
喊：「夠了，我累了」，及後來迪迪也「厭煩了」，皆是他們
在等待中對伴隨而來索然無味的事情最深的感慨。迪迪和果果
在一陣瞎忙之後常埋怨：「什麼都做不了。」因爲和等待果陀
比較，所有的事都是未完成也是無足輕重，人生就是在重複這

些沒有意義的動作中度過，因此更凸顯人生的荒謬性和虛無感。

　　面對荒謬的人生，《等待果陀》裡的人物各有不同的因應之道。潑佐財大氣粗，在意別人的眼光，他隨時觀察別人是否在看他。和迪迪、果果交談之前，他先來場默劇表演：喝酒、啃雞肉、抽菸斗和揮鞭指使幸運。所有的表演都是爲了成爲別人目光的焦點。他是演員，不是導演；他的腳本都是幸運爲他寫的，他的人生倚賴幸運而生存。他深知擁有主人的位子只是命運造成，他沒有能力成爲自己的主人；也許他也明瞭他永遠擺脫不掉幸運，因爲一旦幸運離開了，他只能匍匐於地上等待救援，就像第二幕的情景。幸運瘖啞之後，潑佐再也說不出極富哲思的話語。我們可以猜測他因身體功能日趨萎縮，又因幸運瘖啞，他的話將愈來愈少，最後只剩淒厲的呼喊：「救命」、「可憐我！」難怪貝克特說潑佐是個很弱的角色，他矯枉過正（Kalb，頁175）。潑佐是個膚淺的人，也是個演技誇張的演員；依靠行使權力表現高人一等，卻洩漏他深度不足，只能倚賴虛幻的表象，以掩飾他腹笥甚窘的弱點，而表演是他最佳的掩飾方法。潑佐無法思索他的人生，只能努力扮演被賦予的角色，他成爲他所扮演的他。潑佐馬不停蹄地來來去去，實則渾渾噩噩的過一生，他不明白自己何時失明也不清楚爲何失明。他不了解幸運所教的眞實內涵，只知複誦一遍。他是海德格所形容的「某一」，也是沙特所說的「不是他的自己」，意即他是處在失落情境裡尚未找到自我的芸芸眾生。

　　相形之下，迪迪和果果的人生顯得任重道遠，難以承受。

此劇一開始迪迪就透露等待的心情，「怎麼說呢？雖然已經放
心了，卻又同時感到……驚恐。」(頁8)他和果果因為對果陀
守約而放心，但也因為果陀久未現身，希望遲未實現而驚恐。
他們的驚恐是沙特所言的「對超越的東西不假思索的領會」。
對他們而言，果陀是一個無法理解但必須順從的超自然力。他
們雖然不耐久等，仍盡責地如期守約、怯於反抗，因為他們已
感受到此自然力似乎隱藏一股非理性的力量。兩個小偷中的一
個被詛咒和小男孩的哥哥被果陀處罰，都是「原因不詳」，無
理可據。這對流浪漢心知肚明，如果他們不履約，下場亦如
是，而順從地等待，似乎是他們唯一的選擇。如果依照沙特的
理論，人有選擇的自由，那麼迪迪和果果乖順地等待果陀，即
說明他們選擇妥協。無論他們是「喪失權力」或「擺脫權
力」，都等同於他們選擇妥協來適應他所處的世界，也就是沙
特所說的以「自欺」面對困境。而這種自欺讓他們無法找到真
正的自我，「自欺使他們成為他們的不是，因為他們倚賴超凡
的他者(果陀)，然而這個他者在他們的生活裡永遠缺席。」
(Hutchings，頁56)永遠缺席的果陀，把他們獲得自我的希望，
推向茫然不可知的未來。但也因為未來不可知，被延宕的希望
無限期的推延，反而拉長希望的幅度，就如前文Worton說的，
果陀提供這個沒有希望的時代一個未知的希望。

　　依海德格所言，人的存在是隨時向著未來開展，但同時也
必然從他的歷史的角度了解自我。未來與過去是獲得存在意義
的兩大不可或缺的因素。然而對迪迪和果果而言，往前溯和往
後推都是徒增惶惶不安和狼狽不堪的困窘。因為果陀不來，未

來永遠是個不可解的謎，徒留不斷往前延伸的現在。而他們現
在的所有行為和最終的關懷(果陀的出現)相比，顯得微不足
道、毫無意義可言。另則，迪迪和果果互玩失憶遊戲，乃是不
願面對他們自身的歷史，尤其果果視過去的經驗為洪水猛獸，
完全不敢碰觸，只能在夢裡找尋暫時的安慰。歷史被抹除，過
去不可依恃，他們唯一可以藉此了解自我的途徑被自己切斷，
因此這對難兄難弟只能在等待的當下體會人生。然而沒有歷史
的人生，彷彿失根的蘭花，得不到土地的滋養，終將枯萎消
失。未來不可追，過去不可恃；因此，迪迪和果果對存在的了
解只是零碎的片段，永遠無法獲得完整的自我。

　　這對流浪漢和潑佐似乎在追尋自我的途徑中皆鎩羽而歸，
但是和從未聆聽內心聲音的潑佐不同的是，他們面臨不可知的
未來時所產生的焦慮，讓他們多了反思。因為恐怖的情意使一
切存有溜走，他們在等待果陀的驚恐中深刻體會到空無；他們
等待救贖的同時，也了解他們所等待的，可能是非理性的懲罰
甚至是死亡。在如此漫長的等待中，他們思考、他們焦慮、他
們無法保持沉默。因為周圍充斥死亡的聲音，而這些聲音不斷
地訴說他們對生命的困惑：「對他們而言，僅僅活過還不
夠」、「對他們而言，死亡還不夠。」(頁79)這些聲音微弱如
葉落，輕細如灰飛，但仍傳達了人類亙古以來最迫切也是最無
奈的訴求。這些聲音是成千上萬想了解生命意義的人類聲音，
也是迪迪和果果的內在聲音。迪迪說：「此時此地，所有的人
類就是指我們。趁還來得及，讓我們盡力而為吧！」(頁103-
104)他們盡責地守約，他們對自己的選擇負責，他們代表孜孜

矻矻尋找自我的人類，為一個被延宕的承諾而守一生的約。如
果自欺使他們能適應世界得以生存，成為不是自己的我；負責
卻使他們的生存更具意義，成為一個具有自我的我。兩者之間
的對立和衝突，充分表現人類面對荒謬的人生，必須勇敢地和
非理性的世界和平共處，卻又期待擁有自我的矛盾心理，這種
矛盾心理在迪迪和果果的互動中表露無遺。

　　彷彿是多年的夫妻，迪迪和果果彼此倚賴卻也互相嫌棄。
數十年相依為命，衍生成相戚與共的存倚關係，任何一人都無
法獨自生存。果果需要迪迪提供蘿蔔、安慰和照顧，而迪迪也
依賴果果的陪伴以打發無聊的等待時間。這種唇齒相依的關
係，讓兩人在面對共同的困境時能互相提攜，彼此協助；但是
當他們面臨最後的救贖機會時，卻各自表現其自私的一面。果
果祈求上帝的憐憫時，迪迪焦慮地問：「那我呢？」果果卻沒
有給予適當的回應，反而更急切地向上帝請求：「憐憫我！憐
憫我！發發慈悲！憐憫我！」（頁100）由兩人的對話，我們不
難想像，假如果陀真的出現而且願意提供救贖，但是只能擇其
一時，這對難兄難弟將有更激烈的競爭動作。由此，我們也看
到迪迪和果果面對外在世界和個人需求的扞格處境時，難以維
持和諧的衝突與困境，這也是他們無法找到真正自我的無奈寫
照。

　　和流浪漢的共生關係一樣，潑佐和幸運也自成難以分開的
生命共同體。那條繩索維持主人和僕人的身分地位，也聯繫彼
此之間的距離。潑佐需要幸運，就如同幸運需要潑佐。沒有幸
運，潑佐無法滿足其虛榮心，包括物質的、權力的和表演的欲

望；而如果不是藉潑佐之口，幸運也難以表達其細緻的思想。幸運對潑佐的命令逆來順受，極盡能事地討好主人，乃是為了確保其僕人的地位，而同時他們也彼此折磨，潑佐對幸運身體的操控和羞辱，也轉成幸運對潑佐的精神虐待。「當他說話時，他是潑佐的折磨者，幸運提醒他，潑佐這一生的努力將化為烏有。」(Robinson，頁256)這種互相依存的複雜關係，即是黑格爾所謂的「主奴關係」，其細節將於《終局》的導論做更周詳的分析。

貝克特以簡單的四人組，即把世間的人際關係，做最好的詮釋。迪迪和果果的平行關係(夫妻、朋友和手足)，及潑佐和幸運的垂直關係(主僕、父母子女和師生)(Hutchings，頁30)，皆充分說明人一旦被拋到世界來，就注定和這世界產生關係，而他和他人的關係即是世界的縮影。無論在平行或垂直的關係上，他都無法避開其扮演的角色所受的制約；除非他回到生命的原初狀態，成為受母親子宮膜所保護的胎兒。果果像胎兒的睡姿，乃意指他渴望那個最不受外界干擾的安全窩，而這也是貝克特和他的人物所冀求能保有最完整自我的聖地。然而身為群居動物的人類，永難擺脫同伴的束縛和自己身分的制約，此乃印證沙特的理論，自我最終只是個空無。

(四)幸運的囈語

在西方劇場史上，幸運的獨白雖非絕後卻是空前的表演，約十分鐘沒有斷句而且多是難以成句的長篇大論，由演員以愈來愈急促的語調表演出來，不僅對演員甚至對觀眾皆是一大考驗。「這種長篇演講，在20紀初盛行於音樂廳的娛樂表演，往

往是對僞教授和僞政客的演講及對哲學的胡扯和科學上的空話的戲仿」（Hutchings，頁33-34；Esslin 1961，頁69）。就像他慣用以似是而非的內容，營造更多的詮釋空間一樣，貝克特也以丑角式的表演方式，故意模糊幸運話語的嚴肅性。這些戲仿的語言，在舞台上可能難以理解其意，在表演上卻成功地營造劇場效果。因為幸運在長時間的沉默之後，突然奔瀉而出滔滔語話，又輔以其他三人誇張的默劇表演，則製造極其震撼的力量。

　　幸運的獨白共有105字，近一半是名詞。這些語多重複、句不成章的獨白，正是貝克特匠心獨運的表現。細究其內容，讀者將發現幸運的獨白似乎是整齣戲的縮影。和流浪漢一樣，幸運結巴的話語，也是記憶失落的表徵（Cormier，頁25），戲仿的語言下也蘊藏對生命深刻的哲思，甚至讀者也將發現幸運已在演講中透露迪迪和果果等待多時的答案。貝克特於1974年在柏林親自導此戲時，告訴演員幸運的獨白有三大主旨：冷漠的上帝，不斷萎縮的人類和無情的大自然（Webb，頁59；Graver 1989，頁50和Ben-Zvi，頁144-145）。幸運口中具神聖而冷漠、永遠保持緘默的上帝，和小男孩描述的果陀一樣，皆蓄白鬍鬚。他們都熱愛人類，但也有例外，其原因不明。另則，人類的體力和精力日漸萎縮，最後只剩頭顱；就像流浪漢日漸衰敗的身體，表示時間在人類身上留下痕跡。人的生命有時盡，而最終遺留的是冰冷無情的大自然。人類為何受此折磨，原因不明，但是時間會給人類答案。就像流浪漢等待永遠延宕的答案一樣，果陀「今天不會來，但是明天一定會來」，我們了解那

是無解的答案。在這冷漠無情的大自然裡，和非理性的上帝的慈恩下，人類將繼續其旅程，因為勞力還未用盡，人類將痛著忍著，不會停止努力；他們會「重新開始」。迪迪在開場時就表示：「還沒嘗試過所有的事。所以我又重新掙扎。」(頁5) 幸運和迪迪互相呼應，透露人生是漫無止盡的考驗，人慢慢地衰竭、死去，只剩被放棄的頭顱還沒結束(Morrison，頁118)。這個會思考的頭顱是人之為人的驕傲；它持續受苦，卻盡責地守人的本分，因為人生的旅程還遙遙迢迢，一切尚「未完成」。潑佐和果果的精采對話，可以為此做最好的總結。

> 潑佐：我好像難以……離開。
> 果果：人生就是這樣。(頁59)

(五)結論

既然無法故作輕鬆地離開，因此勇於面對人生的苦難才是唯一的解救方法。Brater談論貝克特晚期戲劇作品時說：「因為我們陷在生命的漩渦裡，我們什麼也不能做，只能對抗包圍我們的絕大否定。」(Brater，頁83)人生最大的否定莫過於荒謬和不定，迪迪和果果歷經漫長的等待仍等不到果陀。假如果陀是自我，他們互相依存的關係，把他們推向一個永遠難以獨立的處境，他們等待的是永恆失落的自我。假如果陀是個空缺，他們的生命是個永遠無法填滿的空隙。假如果陀是上帝，也許就如波赫士談及「福音書」時所言：「他的上帝早已經棄他而去。」(波赫士，頁62)他們是全然的孤獨，但也絕對的頑

強，他們以有限的生命，追尋一個不可能實現的夢，以最大的毅力，對抗施諸於他們的困阨。他們的希望落空，他們的等待形同浪費，但是他們「不枉爲人」而且「盡力而爲」，因爲他們「所做的事才是問題所在。」堅持等到人生的最後一刻，是他們身爲人的驕傲。

三、《終局》導論

《等待果陀》是受限於保證來臨卻永不會實現的承諾，《終局》是受限於保證結束但從未發生的承諾(Pilling 1994，頁73)。這兩篇劇本各自獨立，之間卻聯繫一條隱形的線，後者似乎是前者經過時間洗練之後的質變。貝克特曾坦言：「你必須了解，哈姆和克羅夫是晚期的迪迪和果果……其實他們是蘇珊娜和我。」(Pilling 1994，頁67)無論哈姆和克羅夫的關係，是迪迪和果果或作家和其夫人關係的質變，我們看到貝克特一貫的寫作風格，就是藉緊張的人際關係，探尋人類面對世界時如何處理自我的問題。

《終局》接續《等待果陀》，甚至是三部曲裡的重複節奏，劇中沒有高潮迭起的劇情，唯有不斷重複的動作和對話內容。在空蕩的房間裡，克羅夫拖著僵硬的步伐，先有一段儀式似的巡禮。他掀開哈姆身上的被單之後，克羅夫面對觀眾說快結束了。然後他離開，進入廚房。位於舞台中央，坐在椅子上目盲的哈姆醒來，拿掉覆於臉上血跡斑斑的手帕，開始一段獨白。他說是結束的時候，但是他猶豫不決。哈姆吹口哨喚來克羅夫，兩人開始一段唇槍舌劍的對話。哈姆的父親內格此時自

垃圾桶出現，向哈姆乞討奶嘴，哈姆只給他餅乾。內格敲醒隔
壁垃圾桶的內歐，這對失去雙腿的老夫妻共同回憶曾經在蔻墨
湖的美好時光。稍後克羅夫被要求推動哈姆的椅子在房中繞
圈。之後，他命令克羅夫觀察窗外，克羅夫回答他外面一片空
無。哈姆以糖果利誘內格聽他說故事，故事裡有一個男人匍匐
而來，向哈姆乞求食物並請他收留他的兒子。故事說完，哈姆
拒絕給內格糖果。他又命令克羅夫察看垃圾桶，克羅夫回報內
歐已死。哈姆要克羅夫再報告窗外的變化，這次克羅夫驚訝地
看到一個小男孩，並且想出去結束男孩的生命，卻被哈姆阻
止，哈姆並告訴克羅夫棋局已結束。克羅夫一身出遠門的打
扮，在門口注視哈姆並聽他的最後獨白直到劇終。哈姆以手帕
覆臉，文風不動一如劇首。

　　《終局》少了第二幕，不像《等待果陀》有兩幕明顯的重
複情節。但是《終局》的劇首和劇尾類似的內容，仍見作者刻
意營造一個環形結構的意圖，但此結構也開了一個充滿變數的
出口。也許克羅夫留下來，他們將重新接續這盤棋；也許克羅
夫離開，哈姆再也無法獨撐全場，那將是永遠的終局。和果陀
是否會來一樣，那是無解的問題，這正是劇作家留給讀者和觀
眾最具興味的想像空間。除了環形結構之外，《終局》也保留
《等待果陀》對時間、空間和自我三個主題的探討。其中不同
的是，《終局》的人際互動更緊張和無法妥協，因為角色面對
的是生死殊鬥的最後棋局。貝克特認為《終局》比《等待果
陀》更殘忍（Bloom，頁51）。同時他也不否認《終局》是他最
滿意，但是最令人難以理解的作品（Bloom，頁8）。從讀者和觀

眾的角度而言，此劇令人難以理解，乃是劇中充滿表演性的語言。《終局》的語言比《等待果陀》更具曖昧性，因為劇中角色對時間比迪迪和果果更敏感。和莫洛伊及馬龍一樣，他們所面臨的是人生終了之前最殘酷又最具戲劇性的一刻。而這一刻，就在一方想結束而另一方故意拖延的拉扯中，延伸出歧義多變的內涵。

(一) 時間與重複

　　戲劇或比賽即將結束時，可以寫下完美的句點，也可能如台灣俗語所謂的「歹戲拖棚」。終局意指西洋棋裡兩方對峙，面臨勝負的最後關鍵時刻。《終局》的兩位主角所面臨正是這個緊張時刻，然而我們看到選手以各種小動作，處心積慮延宕比賽的結果，其目的乃是為了爭取更多的時間。和《等待果陀》漫長等待的無奈截然不同的是，時間在《終局》成了極具威脅性的武器。迪迪和果果也許明知果陀不會來，但只要果陀繼續要他們守約，他們就保留一線希望。然而哈姆和克羅夫所面對的是再也沒有希望的尾聲。

　　克羅夫和潑佐都是在剎那間突然警覺時間的變化，但是潑佐的時間在「啪」一聲中全然消失不見，而克羅夫的時間則堆積成一股龐大的壓力。他的開場白：「已經結束了……一定快結束了。穀物疊著穀物，一粒接著一粒，一天，突然間，有了……聚成了一堆……我再也不能受懲罰了。」（頁132）彷彿克羅夫背負一個無形的包袱，直到包袱已膨脹到難以負荷時，才意識到他的一生已到了盡頭。身為哈姆的僕人，克羅夫沒有個人自由，甚至連所學的語言也是個性殘酷的主人所教；他的

思想、語言和行動都在主人的掌控下。他是全劇裡唯一行動自
如的人,但是所受的限制甚於其他人。因爲他沒有過去,他缺
少個人的歷史,他的過去經驗是來自哈姆口中的故事,而哈姆
的故事的眞實性,絕非克羅夫有能力求證的。他的日子在一成
不變中持續著,了無新意,「一生中充斥相同的問題,相同的
答案。」(頁134)他不斷地重複類似的動作,伺候要求過多的
主人、巡視腿殘的主人雙親,檢視並向主人報告窗外世界的變
化;往返於房間和廚房之間,片刻不得休息。

　　這種日復一日沒有變化的生活步調,模糊了現在和過去的
分別;以此推之,可以想像未來也不會有變化。克羅夫彷彿站
在一個圈圈裡旋轉再旋轉,永遠找不到出口;雖然看到生命的
盡頭,卻也只能繼續旋轉。因爲外面是貧瘠世界,他深知出了
大門,也是絕路,所以他「走不遠的」;又因爲他已習慣這種
日子,而不知道如何重新開啓另一個生活。他說:「我覺得要
培養新的習慣,我太老了,需要的時間也太久了。」(頁192)
因爲僕人的身分,讓他已習慣不必思考而只是機械式地遵守主
人的命令。一個新習慣的養成不僅需要時間,更需要勇氣和創
意,而他深知自己的匱乏,克羅夫就在習慣於原有的生活公式
下,既無法離開又難以忍受目前的生活。對克羅夫而言,最佳
的解決方法就是結束這場生命的遊戲,因爲「只要它持續下
去,這一生都是一樣沒意義。」(頁165)因此他讚歎鬧鐘的
「最後一聲棒極了!」(頁167)他渴求的是眞正的結束。然而
棋局不會如克羅夫所願提早結束,因爲他遇到頑強的敵手──
哈姆。哈姆不願結束這場戰局,克羅夫也只能隨著起舞。劇首

克羅夫發出深沉的嘆息聲，說他努力想離開，甚至是一出生時就有此意願，然而那只是「精神上而已」，劇終時他的身體還是停留在門口，進退不得。

　　哈姆的開場白，則明示他和克羅夫截然不同的時間觀：「輪到我表演。」之後開始其擦眼鏡、摺手帕和清喉嚨的儀式，做完這些例行的動作之後，就是局棋的開始。他埋怨沒有人比他受的折磨還深，因為他在空虛和孤單中過日子。儘管日子難過，他仍「猶豫要……不要結束」（頁133）。他的猶豫延長了和克羅夫短兵相接的戰局；因為主控權在他手中，哈姆深知如何施行拖延戰術。三次克羅夫離開後，他不斷重複的那句：「我們還在繼續中」即說明他不願意輕易繳械投降。身為獨斷專橫的主人，已習慣擁有主控權，面臨人生中最棘手的問題時，當然不輕易妥協。面對生死問題，他對時間的敏感也異於常人。當他得知克羅夫必須靠梯子才能看窗外世界時，他說：「你縮小了嗎？我不喜歡那樣。」（頁152)充分表現他恐懼時間在人身上的摧殘。他時時詢問克羅夫的身體狀況，也命令克羅夫觀察窗外世界的變化，乃是他對時間的敏感反應。當克羅夫說再也沒有大自然時，哈姆不解地問：「但是我們呼吸，我們改變！我們掉頭髮和掉牙齒！遺失了我們的青春！我們的理想！」（頁139)皆說明哈姆時時感受時間的變化，而且深感在時間的洪流裡，人也快速地退化和衰竭。雖然他明知外面世界一片死寂，但是當克羅夫報告窗外的異象時，他緊張地連問：「什麼？一艘船？一條魚？一縷煙？」皆是期待能看到新生命。爾後他又急促地問海地平線上是否有生物，乃是表現

哈姆對生命的眷念。他甚至邀克羅夫共搭竹筏到有哺乳類的地方，因為困守在彈盡糧絕的屋裡，只有一死。他想延續生命，他需要更多的時間延長這盤棋局，縱使只是苟延殘喘的生命。

　　哈姆無法如克羅夫一樣看到世界的變化，但是他有克羅夫所缺乏的個人歷史，這些過去的經驗是支撐他拖延生命的最佳工具。然而「哈姆努力重構過去而不是記得過去」（Pilling 1976，頁73），他並非如實地重述他的記憶；他的編年史即是他「一點一點的技巧性進行」的個人歷史。所謂技巧性乃是哈姆刻意加上個人想像的故事。Boal指出記憶和想像構成了相同的精神過程的部分，如果沒有記憶，則沒有想像；反之亦然（Boal，頁21）。哈姆的歷史即是他刻意加上想像的記憶。如果只是單純地勾勒過去經驗，故事必有說盡時，那將意味結束。為了延長時間，縱使腸枯思竭，哈姆仍會再編新故事，而這些故事他稱之為「曠日廢時的創意性工作」（頁177）。他的創意使時間不再是單線進行，而是週而復始地被他運用，一個故事接續另一個故事，一如一千零一夜，他有講不完的故事，正如他說的：「結束就在開始之時而從此你持續下去。」（頁183）只要他一息尚存，哈姆將持續他的編年史，而且他的故事只是開始而已，他還會日復一日地先開個頭：「輪到我表演」，然後又加些副情節，因為他的編年史「還不是進展很長」。

　　哈姆父母的故事卻接近尾聲，內歐是貝克特戲劇中唯一死於舞台上的角色。內格和內歐失去雙腿後，被哈姆丟入垃圾桶裡過他們的餘生。這對垂垂老矣的夫妻，更像迪迪和果果的晚年。他們互相扶持，但也屢有爭執。雖然共同度過大半輩子，

彼此的記憶卻扞格不一。他們訂婚後的隔天在蔻墨湖上因嬉鬧而翻船，內歐認為那是因為她太快樂而笑得翻船，內格卻認為那是內歐聽了他的笑話之後的反應，因此他堅持重述那則老掉牙的笑話。但是他發現他說的故事已日漸乏味，就如內歐所說：「我們還是覺得很好笑，但是我們再也笑不出來了。」（頁145）這是內歐總結人生的一句話。她認為世上沒有比不快樂還好笑的事，但是她再也笑不出來了。連最好笑的事也笑不出來時，生活已完全失去意義了，因此內歐只能在過去的經驗裡追尋美好的回憶。她哀悼失去的「昨天」和「曾經」，也沉緬於蔻墨湖底的美；這是她對過去經驗的最後憑弔。反之，和沉溺於過去時光的內歐不同的是，內格較能適應他所面對的困境。他告訴哈姆：「一個人必須與時俱移」，乃說明他還沒放棄他的生命。堅持說笑話以娛樂內歐，向哈姆乞討食物，皆說明他和哈姆一樣有極其強韌的生命力。哈姆喜歡講故事的嗜好，也許遺傳自內格。這對父子擁有共同的性格，他們都想撐到最後一秒，甚至讓時間重來。他的第一句話：「我要我奶嘴。」他以受格Me取代所有格My，接近小孩的用詞；奶嘴更明示他的稚氣，彷彿回到嬰兒階段。Worton指出《終局》角色重回嬰兒時期，只是無限循環的螺旋逐漸縮小的一部分（Pilling1976，頁70）。內格稚氣的行為說明他和哈姆一樣，「結束就是開始」，他還渴望繼續他的生活。

(二)空間與地點

　　迪迪和果果被限定在鄉村小路的一棵枯樹下等待果陀，鄉村小路乍看寬廣無邊際，然而那棵枯樹實則是個有限的空間。

《終局》裡的空間比之於《等待果陀》則更見侷限性。迪迪和果果於白天和夜晚時分，還可以來去自如，而《終局》裡的人物卻全天候被限定在屋子裡，內格和內歐更是困在狹窄的垃圾桶裡動彈不得，其境遇和困在瓶子裡的不名者堪差比擬。

　　哈姆守著房子正中央指揮若定，但是也凸顯他無處可走的窘迫性，一如棋局裡的國王，只能活動於有限的空間。哈姆被自己的身分限制而難以獲得自由，雖然主控權在握，對所處的空間卻全然沒有安全感。他多次阻止克羅夫站在他的身後，乃意味他對於空間的敏感度。因為目盲，克羅夫彷彿是隱身的敵人，哈姆無法忍受芒刺在背的威脅。他也無法忍受克羅夫擁有他所沒有的隱密空間——廚房。克羅夫告訴哈姆他在廚房裡看到自己的亮光在消失，哈姆極盡諷刺地說：「聽那是什麼話！哼，你的亮光在這裡也會消逝！看看我，再回來告訴我你覺得你的亮光是什麼。」（頁140）這是哈姆對克羅夫擁有此空間的嫉妒和不安的反應。

　　克羅夫就像哈姆所豢養的狗，呼之即來揮之即去；雖然克羅夫多次明示他會離開但終難實踐，甚至最後他的離開也是由哈姆下的指令。哈姆可以對克羅夫予取予求，可以控制其行動，唯獨無法掌握克羅夫在其私密空間裡的活動，此乃哈姆最感惶恐，也最覬覦的。哈姆在現實中得不到，因此像果果一樣，也轉向夢裡尋找更寬廣的空間，在那裡他可以徜徉於大自然之間。現實的狹隘空間，也讓他比克羅夫對外面世界懷抱更多的希望。他說：「越過這個小丘？哦？可能還是一片綠意。」（頁160）我們不難懷疑他口口聲聲說的「死亡就在外

面」，也許是阻止克羅夫離開的伎倆。

　　克羅夫是劇中唯一擁有私人空間，又可以觀察外面世界的角色。和哈姆一樣，觀眾和讀者也完全依賴他報告房間之外的動靜。哈姆是此屋的主人，對克羅夫有發號施令的掌控權，甚至決定他的去留。但是克羅夫擁有更寬廣的空間，他可以如實報告所見所聞，但也可以隨意捏造他意欲欺騙的內容。窗外的世界是否真如他所言一片死寂，抑或如哈姆所希望的還有一片綠色世界，乃是哈姆和我們難以求證的。而廚房裡的動靜也是晦莫如深，我們不知道止痛藥是否已用罄，也無從得知是否真的有老鼠或牠早已跑掉，更難以確定是否有他所稱的小男孩。克羅夫即利用可以充分掌握空間的優勢，作為和哈姆互相抗衡的工具。克羅夫不耐久留哈姆身邊，每於完成一項任務之後，立刻離開哈姆回到他的廚房，廚房就像他的避難所，他在那裡找到寧靜和自由，而這正是哈姆所缺乏的。

　　我們無法忽視貝克特為角色取名字的特殊用意，哈姆Hamm的名字是槌子（hammer）的諧音，內歐Nell則是指甲（nail）的諧音，而克羅夫Clov取法文和內格Nagg取德文的指甲之意（Kaelin，169）。從名字可看出貝克特有意讓哈姆成為名副其實的暴虐主人，脆弱的指甲對槌子完全失去抵抗的能力，只能乖順地服從主人的任何命令。他是限定其手下行動空間的主人，他早已把他們釘得死死的。因此，克羅夫縱有較寬綽的空間，然而受制於僕人的身分，仍難獲得真正的自由，比之於克羅夫，哈姆的父母彷彿是被釘於十字架的受難者，在垃圾桶裡無法動彈，連可以取暖的木屑也是奢求。在如此侷促的空間裡，

和哈姆一樣,他們也只能在虛幻的空間裡尋找安慰。內歐不斷
呢喃:「很深。你可以看到底。那麼透明,那麼乾淨。」(頁
147)即是對蔲墨湖底潔白無瑕的眷戀,此景象是劇中唯一最具
詩意的畫面,卻是與現今暗無天日的垃圾桶成了強烈對比。失
去雙腿,意即他們再也無法流連於湖光山色,卻只能在狹隘的
空間裡終老。

(三)等待自我

　　如果貝克特只是想描寫兩個身體殘缺的人在空蕩的房間內
等死,學者就無需大費周章地討論其中內涵。貝克特以放大鏡
審視兩人面臨生命終了時的心態及他們如何看待自己的生命,
才是劇作家所關心的。迪迪和果果的等待不是全然被動的,他
們如果有足夠的勇氣,大可一走了之,頂多付出生命的代價。
但是他們願意夜以繼日地等待,乃是期待最終能獲得生命的主
體——自我。而《終局》裡的主僕也不是純然地等待死亡。
Lawley說《終局》:「關心的不僅是一個即將結束的世界,更
關心在接近尾聲的世界裡,人類殘存的領悟力和創造性的自
我。」(Bloom,頁95)和迪迪、果果一樣,哈姆和克羅夫在等
待的過程中不斷地追尋自我,才是他們面臨死亡時最關注的
事。然而他們的追尋較之於迪迪和果果,牽扯更多權利和生存
之爭,和互相扶持彼此給予安慰的流浪漢所處的境遇不可同日
而語。

　　一個人需要被別人承認,才算是一個完整的人,如同一個
主權自主的國家需要被承認,才算完整的國家(Singer,頁
70)。柯耶夫(Alexandre Kojève)概括黑格爾的主奴關係時所下

的結論：「人類的欲望就是欲求一種認可(榮譽)」(羅貫祥，
21)，乃說明人類異於動物者，在於其超越動物的欲望，而此
欲望乃是尋求別人的認可或讚許。承認是對等的，但是事情並
非如此簡單。依黑格爾的哲學，人的自覺爲了變得單純，並不
願依附純物質對象，然而迫於渴求獲得承認，他需要依附於另
一個可以承認他爲主體的人。爲了證明一個人不依附其所依賴
的對象，他必須和另一個人有生死鬥爭。黑格爾告訴我們，暴
力的鬥爭乃非人類歷史的偶發事故，而是人證明自己身爲人的
必然之舉。戰爭的結果，勝者爲主，敗者爲奴。表面上，奴爲
主服務，依賴主存活，而主因此得到奴的承認。但事實上，在
主人眼中，奴隸只是一件物品，而非獨立的自覺個體，主人無
法從奴隸身上得到他所需要的承認；反之，奴隸爲主人服務，
在勞動過程中，奴隸在勞動中發現他擁有自己的心靈(Singer，
頁71-2)，因爲奴隸的勞動雖是爲滿足主人的欲望，但就其自身
來說，是爲了實現自己的解放。易言之，奴隸通過與物的關係
(意即勞動)，而把早已喪失的獨立性及自主性重新實現出來
(高全喜，頁107)。

　　顯而易見，主奴的關係並非固定不變，因爲一開始奴隸之
爲奴隸，乃因他在鬥爭中失敗，因此喪失人的尊嚴，成爲沒有
自主權的物。奴隸因爲恐懼死亡，甘願爲主人服務。但是通過
恐懼，奴隸經驗到他本質的虛無，也理解到他的存在乃是克服
及揚棄他的虛無和死亡。而且經過勞動之後，奴隸能夠擺脫自
己的物性，成爲一個本質的存在(高全喜，頁108-9)。同樣，主
人也發生了質變。表面上主人成爲獨立的主體，事實上，主人

面臨無法克服的兩種內在矛盾，而此矛盾注定其滅亡。其一矛盾如前所述，主人並沒有得到他所需的承認。其次，主奴關係確定之後，主人失去戰鬥力，只是坐享奴隸提供的服務，如此，主人否定了他曾拚命追求的價值。因此，一旦鬥爭結束，主人也一步步失去其本質，這是主人難以避免的命運(高全喜，頁98-101)。此為黑格爾的《精神現象學》裡最有名的主奴意識。而主奴辯證法的基本條件是，奴隸必須存活著。奴隸如果死亡，無論是被殺死或戰死，則主奴的所有互動關係將失去意義。主奴關係隨著時間的發展，也發生互相依賴的現象，主人依靠奴隸的勞力而滿足其欲望，而奴隸也仰賴主人的指使以尋找其自主性。因為這種依存關係，主人和奴隸皆無法得到真正的自由。

《等待果陀》的潑佐和幸運，這對互相依存又彼此折磨的主僕，即印證了主奴複雜的關係。幸運倚賴潑佐，盡己所能地提供服務，希望能挽回被賣的命運。潑佐痛恨幸運，但是又極度依賴幸運提供勞力以滿足其欲望。然而幸運提供的勞力與其說是物質，不如說是思想(Marvel，頁163)，而幸運日漸退化的思想卻是潑佐最難以忍受的。讀者在兩人互相供求和折磨的過程中，看到隱形的鬥爭。這對主僕就在無止盡的鬥爭中，縮短那條維繫他們之間的線。他們的關係因為彼此倚賴而愈形惡化，也因為惡化而更加互相倚賴。《終局》的主僕關係比之於潑佐和幸運，則更殘酷和不仁。他們已到了最後的對弈，必須分出勝負，但是在他們互相較勁的過程中，我們也看到一對主僕難分難捨的矛盾關係。

　　與其說哈姆和克羅夫的關係是迪迪和果果的晚年，不如說是潑佐和幸運的最後旅程，然而維繫他們之間的那條線已然消失。他們此時面臨的是肉搏戰，而這場白熱化的鬥爭，完全發揮於語言和表演上。克羅夫問哈姆是什麼把他留下來，哈姆回答他是「對話」。語言是他們互相攻伐的武器，而表演則助長他們利用此武器。貝克特曾說這齣戲沒有意外，每一件事都是基於雷同和重複(Topsfiedl，頁109)。我們看到劇中人物不斷重複類似的動作，例如克羅夫來回於房間和廚房之間，移動於兩扇窗戶之中，和哈姆醒來及就寢前的重複動作，皆像迪迪唱的狗之輓歌一樣，全是貝克特刻意製造的循環式結構。

　　這對主僕不但重複其儀式性的動作，語言上更可見其模仿和雷同。不同於潑佐和幸運的是，克羅夫的語言學自哈姆，他無法像幸運一樣提供主人極具哲理的思想，更難有預言式的警語。在語言上，他全然臣服於主人，包括用詞和語氣，他對哈姆生氣地說：「我用的字是你教我的。如果他們再也沒有任何意義，那就教我別的，不然就讓我保持沉默。」(頁164)克羅夫的語言如實地模仿哈姆，無法開創其個人風格，更別說有自己的思想。克羅夫的開場白：「穀物疊著穀物，一粒接著一粒」(頁132)，我們在劇末哈姆的口中，也聽到類似的話：「一刻接著一刻，急促地落下像那古希臘的……一堆穀物。」(頁183)哈姆問克羅夫：「我們不笑嗎？」克羅夫沉思後回答他沒有笑的感覺。之後克羅夫將望眼鏡指向哈姆，問哈姆同樣的問題：「我們不笑嗎？」而哈姆也回以相同的答案。另外，哈姆曾生氣地跟克羅夫說：「繼續，你不會嗎？繼續！」(頁

177)之後克羅夫又一五一十地重複相同的話。克羅夫學習的語言不僅來自哈姆,也學自哈姆的父母。他那句對生命充滿憤怒的感受:「爲什麼總是這些荒謬的事,日復一日?」(頁155)也重複於內歐和內格的對話中。甚至內歐對內格說的:「我要離開你了。」成了克羅夫進去廚房前的口頭禪,諸如此類的例子勝不枚舉。

掌握語言能力的人就是掌握權力的人,基於此論點,哈姆顯然占上風。他那部永遠沒有句點的編年史,讓克羅夫終究難以匹敵。哈姆有說不完的故事,縱使一則故事快結束了,也「會再講另一個」,甚至另加角色延長故事。而這是克羅夫最羨慕而且永難企及的目標。他以崇拜的口吻跟哈姆說:「哦,我永遠也沒辦法這樣。無論遇到什麼障礙,你都還是可以繼續發展你的故事。」(頁176)哈姆的故事也許來自於他的經歷,也許來自於他的想像。無論是前者或後者,皆是克羅夫所缺乏的。哈姆一再重複一位垂死父親向他苦苦哀求食物及託孤的故事,那位孤兒可能是克羅夫,哈姆可能是克羅夫的養父。哈姆是這則故事的唯一見證人,此故事攸關克羅夫的身世,克羅夫卻無從證實眞假。哈姆以表演的方式敘述此父親卑憐的處境,並以評論的語氣斥責他的愚笨,乃是刻意強調身爲施捨者的尊貴和權力。如果克羅夫是故事中的小孩,則意味一開始克羅夫和哈姆不平等的立足點似乎早已命定了。他像那隻缺一腳的玩具狗,只能向主人乞哀告憐,並任其擺布。

哈姆說不完的故事是其最佳的武器,但是他的故事因爲不斷重複而失去吸引力,就像內格那則再也無法令人發笑的笑

話，最後成爲了無新意的陳腔濫調。不寧唯是，克羅夫雖然難以證實其父親託孤的眞實性，卻在哈姆的另一則經歷中當面反擊哈姆捏造事實——佩格媽媽向哈姆要求燈油被拒而亡之事。哈姆否認當時尙有燈油，克羅夫斬釘截鐵地拆穿其謊言，哈姆自認理虧而立刻轉換話題，這是克羅夫僅有的一次以個人的經驗反駁哈姆。從此例子，讀者不難懷疑，哈姆所編的其他故事的眞實性。他重複的那句：「永遠。缺席。事情全發生了而我卻不在場。我不知道發生什麼事。」（頁186-187）也暗示他的編年史可能只是一則虛構的故事。然而無論其眞假，一旦他掌握語言及想像力，他仍可以呶呶不休地說下去，這是克羅夫難以匹敵的。主人掌握語言的權利以奴役僕人，而僕人只能臣服於主人的淫威之下。無論其故事的眞實性如何，只要主人繼續發揮其語言及表演能力，僕人仍難望其項背。

　　Kenner認爲《終局》和《等待果陀》最明顯的不同處，是《終局》裡沒有即興表演，劇本是早已寫好而且被充分地記誦和預演（Bloom，頁46）。哈姆一再重複的故事即是一例。然而如果我們了解克羅夫幾次出人意表的動作和演出之後，則對Kenner的論點將持保留的態度。克羅夫的語言能力甚至想像力無法和哈姆論其高下，但是克羅夫擅於即興表演，乃是哈姆所望塵莫及的。當克羅夫再次被要求觀察窗外時，他故意讓望遠鏡滑落，撿起來之後又將望遠鏡轉向觀衆，他說：「我看到……一群人……正開心得很。這是我說的放大鏡。」（頁153）我們看到克羅夫的幽默，也看到他有能力來段即興節目。跳蚤和老鼠是否也是他臨時捏造的，哈姆無從考證，就像克羅

夫無法辨別哈姆故事的眞實性一樣。哈姆一再重複的小男孩故事，克羅夫聽了數十年難以反駁和證實，如今他也來個發現小男孩的即興內容，讓哈姆故意拖延結局的意圖反而無以爲繼（Bloom，頁107）。哈姆告訴克羅夫：「我們來到盡頭了。我再也不需要你了。」（頁190）即意味長期處於上風的哈姆，也碰到棋鼓相當的對手。克羅夫再也不是個唯命是從的奴僕，因爲他從勞動中獲得力量。黑格爾說：「勞動是受到限制或節制的欲望……勞動陶冶事物。」（Hegel，頁63）克羅夫透過此節制的欲望，找到和哈姆可以抗衡的立足點。他從勞動中學習哈姆最擅長的表演，他也藉由勞動擺脫他的物性。他以玩具狗猛擊哈姆，代表他們已來到最後攤牌的時候，而此時的主僕關係再也不是上下相對，而克羅夫也不再是唯命是從的僕人而已。他渴望從和哈姆可以互相抗衡的即興表演中，獲得屬於自我的主權。

然而身爲僕人的克羅夫縱使學得一身表演的技巧，他仍囿於語言能力的匱乏。克羅夫始終不明白他所學的語言代表何意，他期待從奴隸的桎梏中獲得解脫，他期待結束。然而當結束的時間來臨時，他反而束手無策。回顧他的一生，他仍不知爲何受苦，仍無法獲得自我。他還是那位只會模仿別人的語言，而缺少個人思考和想像能力的僕人。他說：「我問還剩下來的字眼──睡著、醒著、早晨、黃昏。他們無話可說。」（頁151）這些簡單的字眼，勾勒一幅缺乏生命力的生活畫面，早晨醒著黃昏睡去，日復一日，彷彿頂著空殼子過日子，最終所見的只是「雙腿之間一條細小的黑色灰塵。」（頁192）那是

沒有亮光的生命，所以他「倒下時……哭喊幸福」（頁192）。
因此，比之於哈姆，克羅夫更希望結束這場棋局。

克羅夫臨走前，哈姆要求他說些真心話，克羅夫回答一串
獨白，獨白的內容道出他多年來所學的語言，此時原封不動地
將這些語言還給哈姆。他說：「他們告訴我，那是愛，對，
對，無庸置疑……他們告訴我，那是友情。對，對，毫無疑
問，你發現了。他們告訴我，就是這裡，停下來，抬頭注視所
有的美景。」（頁191）句子中的他們是哈姆教他的語言。海德
格說：「一切語言都是歷史性的」（海德格，頁232），克羅夫
所說的語言就是具歷史性的語言，是他無法跳脫哈姆影響的語
言。然而教他的人是個殘酷不仁的主人時，這位受教者也無法
學習語言中所謂的愛、友情和美。他只能機械式地複述這些話
語，這些話在他心中並沒有產生任何意義，因此還給哈姆的，
也是冷酷無情的話；克羅夫仍然無法回報哈姆想獲得的真心
話。Lawley舉莎士比亞的《暴風雨》裡的主僕關係，對照《終
局》裡主僕，竟有其共同處。奴隸卡列班對主人普洛士丕羅所
說的：「你教我講話，我從這上面得到的益處只是知道怎樣罵
人。但願血瘟病瘟死了你，因為你教我說你的那種話！」（朱
生豪譯，頁36）就是克羅夫回贈哈姆的激烈版。Lawley說：
「在《終局》裡，語言似乎不僅僅表現了主從關係，甚至從中
取代了這種關係的主導地位。」（Bloom，頁99）這位暴虐的主
人因為掌握語言的操控權而處於主導的地位，極盡奴役之能
事；數十年永不歇止的故事，對克羅夫而言是無止盡的折磨。
然而當主人希望得到僕人的真心話時，所得的卻是空話。主人

仍得不到僕人的認同，因為奴隸仍是個語言的複述機器，不是個完整的個體；他缺乏思考能力，他仍是不被主人承認的附屬體。尤有甚者，主人坐享其成，完全依賴僕人的服務，因而喪失真正的自由。就像潑佐和幸運脣齒相依的關係，哈姆和克羅夫這對生命共同體也難以各自獨立。因此，最終哈姆仍得不到他拚命追求的自我，他希冀從表演中獲得認可的願望還是落空。

這位頑強的主人雖得不到認可，他並不因此輕易棄守。貝克特說：「哈姆從一開始就輸了……但是他像個差勁的棋手，試著做毫無意義的移動。一個好棋手早就放手，而他卻試圖延緩結束的時間。」（Cohn，頁152）這位不輕易向命運低頭的主人，明知大勢已去，仍在舞台上堅持到最後一刻。然而這位盡責的演員，最後所表演的，仍是他日復一日背誦的台詞。父親託孤的故事又被簡略地重複，卻已到真正結束的時刻。哈姆以紙牌術語(丟牌)稱他扔玩具狗和丟哨子的動作，表示他把僅存的牌全丟出去了。最後取出僅有的覆蓋物——手帕遮臉，回復劇首時睡眠的姿勢。但是此時雙臂無力地垂於扶手上，文風不動，彷彿是被白布覆蓋的屍體，成了真正的結束。然而貝克特並沒有為此劇畫下休止符。克羅夫一身出遠門的打扮，木然定睛於哈姆身上，既非離開也非留下的動作，為此劇保留兩個截然不同的詮釋空間。僕人如果離開了，主僕的關係將馬上終止，他們不再互相依存也沒有鬥爭，但是各自獨立後的兩個個體，必然走向人生末路；哈姆會坐以待斃，克羅夫將面臨一個死寂的世界，於是他們來到真正的終局。如果克羅夫留下來，

主僕的關係將持續，彼此的鬥爭不會停止，雖然他們的關係已開始產生質變，僕人透過勞動(即興表演)把喪失的獨立性和自主性實現出來，但是他仍然是僕人身分，主人不會認同他的身分，反之亦然，主人面對的是不被認同的僕人，因此兩人仍是得不到獨立個體的認可。

　　德國哲學家Adorno那篇長達數十頁的評論，對《終局》有了精闢的分析。他認為劇中的人「不是自我，反而比較接近一個不斷模仿不存在之物的仿造品……這兩個主要角色的行為彷彿只對事物立即反應，而缺乏思考。」(Bloom，頁31)我們在這對主僕的對話裡，的確看到不經思考的立即反應。

　　　哈姆　　我們不笑嗎？
　　　克羅夫　我不想笑。
　　　哈姆　　我也不想。(頁138)

　　　克羅夫　所以你恨不得我離開你們？
　　　哈姆　　當然。
　　　克羅夫　那我就離開。
　　　哈姆　　你無法離開我們。
　　　克羅夫　那我就不離開你們。(頁159)

　　　克羅夫　為什麼不能用？
　　　哈姆　　因為用太久了。
　　　克羅夫　但是根本很少用它。

　　哈姆　　那是因為太少使用了！（頁167）

　　這些似是而非、不具意義的語言遊戲，說明主僕的對話不在溝通，而只是競賽。語言表達權力，而權力關係透過語言來運作。為了掌控權力，這對主僕就在語言遊戲裡競逐。如果如Lawley所說，《終局》關懷的是生命終了時「人類殘存的領悟力和創造性的自我。」在這場語言競賽中，我們看到的是笨拙的模仿，而非經過思索後鏗鏘有力的語言。也因為拙劣的模仿，讓這對主僕更難產生獨立的風貌，他們所等待的自我，也因此更加渺不可尋。

(四)結論

　　和流浪漢一樣，這對主僕從不放棄最後的一搏，他們對生命有堅若磐石的毅力和韌性；縱使到了人生的盡頭，也盡其所能想搏倒對方，以獲得自主權。但是不同於迪迪和果果，這對主僕既是敵對又是共存的關係，讓他們在鬥爭中不斷地消減自身的力量。到了生命終了時，他們只剩餘力模仿對方，而缺乏創造的力量得以蓄勢再發。他們面臨的是一再被延宕的終局，之間的決鬥像空中揮舞的拳頭，碰不到對方，勝負也就難以分曉。然而只要一息尚存，他們仍將繼續參與鬥爭。就像《不名者》的結語：「你必須繼續，我要繼續。只要還有話語，你必須說……你必須繼續，我不能繼續，我要繼續。」（貝克特1994，頁418）從劇首和劇尾一樣的畫面──克羅夫定睛注視哈姆的動作──我們不難想像，如果還有第二幕，這對主僕將重新開啟一場口沫橫飛的戰爭，而鬥爭將持續不輟，「只要還有

話語」。

　　如果我們要爲這兩齣劇本下最好的結語，Hutchings的中肯
評論值得我們引用。他說：「有人認爲貝克特是個絕望作家，
但是其人物從來不臣服於絕望，那句『繼續』不僅是《不名
者》聲音的座右銘，也是所有貝克特角色的生存之道。」
(Hutchings，頁28)韌性和頑強是貝克特人物對抗荒謬及虛無人
生的最佳武器。而其人物對生命的誠實和盡責，也透露作者創
作的動機。貝克特談及現代藝術時，認爲二次大戰之後所有宗
教、哲學和政治的確定性已蕩然無存，藝術家手中空空如也，
只能「盡義務地表現沒有東西可表現的，沒有什麼可表現的，
沒有方法可表現的，沒有力量可表現的，沒有欲望可表現
的。」藝術家的義務是面對全部的否定時，仍能誠實並且勇敢
地表達自己，而此兩者是指引人類的新基石。(Esslin 1991，頁
205)貝克特和他筆下的人物一樣，充分表現蘇格拉底的名言：
「我知道我什麼都不知道。」他和他的角色所流露的誠實和勇
敢精神，激發他們繼續追尋，雖屢經失敗，仍持續探索。他們
將不斷地

> 流轉
> 千匝復千匝
> ⋯⋯
> 恆醒，而淚眼
> 恆向暗處遠處亮的
> (周夢蝶，頁6-7)

肆、英文版本

現今傳世的《等待果陀》並非貝克特以法文寫成的原始版本，Roger Blin於1953年在巴黎首次導此戲時，為了舞台效果，建議貝克特刪改內容，但是當時未曾受劇場專業訓練的貝克特並沒有完全接受其意見。直到1965年貝克特親自譯成英文的《等待果陀》由英國Faber & Faber出版公司出版第二版時，貝克特接受Blin的建議，大幅刪改某些缺少舞台效果的內容（Fletcher，頁58）。此書《等待果陀》和《終局》的中譯本乃根據Faber & Faber出版公司於1990年出版的《山繆・貝克特戲劇全集》翻譯而成。

伍、中文繁體字譯本

《等待果陀》

歷年來已發行的《等待果陀》繁體字中譯本共有四種不同版本：一、劉大任和邱剛健合譯的《等待果陀》，由仙人掌出版社於民國58年出版。爾後被收入《世界文學全集》第七十一集，內附貝克特作品年表，民國81年由遠景出版公司發行。此譯本年代久遠，仍保留某些京片子和舊用語，有些句子則是英文式的句法，不但拗口也不適用於舞台表演。二、馬清照翻譯，被收入於《淡江西洋現代戲劇譯叢》第十八集《貝克特戲

劇選集：等待果陀》，民國72年由驚聲文物供應公司出版。此
譯本是目前繁體中文譯本裡，最忠於原文，而且譯筆也是最流
暢的版本。但是譯本仍有些待商榷的句子，尤其譯文裡保留不
少英文式的倒裝句法，雖然不影響文意，但略顯拗口。三、致
虛譯的《等待果陀》，民國76年由自華出版社印行，爾後於民
國88年由萬象出版。此譯本有些句子漏譯，譯文也多是不通順
的句子。四、王孟于編譯，被收入於世界文學圖書館三十集：
《等待果陀》，民國81年由遠志出版公司發行。此譯本和馬清
照譯本有太多雷同處，全譯本只是更動幾個用字。另有未署
名，而以「諾貝爾文學獎全集編譯委員會」掛名，民國70年，
由書華出版事業有限公司出版的諾貝爾文學獎全集第四十一集
的《貝克特》版本。此書比前四本多了貝克特獲諾貝爾文學獎
的評審過程，及代替貝克特領獎的瑞典駐法國大使館文化參事
的歡迎詞之譯文。但是此書所收集的《等待果陀》的譯本和馬
清照譯本頗多相似，而且同本所收集《終局》的譯文和彭鏡禧
譯文幾近雷同，因此此譯本不列為討論之列。

《終局》

　　目前問世的《終局》中譯本，唯有台大教授彭鏡禧所譯，
收錄於民國72年由驚聲文物供應公司印行，顏元叔主編的《淡
江西洋現代戲劇譯叢》。此本譯筆流暢、用字精準而且忠於原
文，但是二十多年前的用語與現今用詞已略有改變，譯文裡難
免有典雅但不適合於現今用法的語詞。又因中文譯本有某些缺
漏的句子，此為中譯本的大醇之小疵。

致 謝 詞

　　迻譯劇本期間，多賴Paul和Jane Harwood夫婦慨然協助，得以了解乍看眼熟卻實含他義的句子和幾個法文字的英譯。感謝Paul多次翻閱從英國帶來的參考書籍，為我解決某些「疑難雜症」。自1991至1993年旁聽Paul的三門文學課程，至今認識Harwood夫婦已有十六年之久。這段期間無數次拜訪他們位於東海校園素樸清幽的宿舍，也借宿過他們在英國Duran典雅韻致的老家。永遠忘不了Paul指著一條潺潺流水底下早已腐蝕的轎車，半自豪半自嘲地娓娓敘述年少輕狂的歲月。蓄長髮的Paul彷彿從古代出走的竹林七賢，因熱愛老莊，其自由不羈的思考，對文學的解讀，總是能跳脫生硬的學理，引導學生深入文本，探其幽徑，見其喜而喜，見其悲而悲，見其謬而徒呼蒼涼。他是我所見少數把文學當作生命來閱讀的人之一，也是在斑斕色彩中，少數仍能讓人看到色澤和形貌者之一。他尚未計畫明年退休後將如何享受悠閒歲月，唯一勾勒清楚的是，回老家之後為台灣發聲。我難得看《英文中國郵報》，卻在報上讀到他為台灣教育建言的文章。這位待在台灣的日子多於故鄉的英國人，對台灣的感情已不言而喻。課堂上的聆聽和辯論，令

人流連，而課後的長談，更是受惠。十六年的交談，是漫長的智慧撞擊，雖然大恩不言謝，我卻想借此聊表謝意。

　　感謝為我搜尋資料和校對的學生荊溪叡，其細心和負責的態度，讓我銘感於心。他甚至多次欣賞兩齣戲劇的光碟，以求徹底了解劇中大量動作的含義和角色對話的微言大義。能得如此用心的學生之助，是為師之福。也感謝兩位細心審稿、不具名的審查委員，此書乃因他們細讀及熱心斧正而得以付梓，其不吝指導後學的溫厚態度令人備感溫馨。

等待果陀

兩幕悲喜劇

法文版完成於1952年，1953年於巴黎首演。1955年在倫敦首演英文版，並於1956年由英國Faber & Faber出版公司出版。

劇中人物

艾斯特崗

維拉迪米爾

潑佐

幸運

第一幕

鄉村小路。一棵樹。傍晚。

艾斯特崗坐在一座小土坡上脫皮靴，雙手拉鞋子，氣喘如牛。
他放棄，疲憊不堪。休息。再試。重複如前。
維拉迪米爾上。

艾斯特崗　（又放棄。）什麼都做不了[1]。

維拉迪米爾　（跨著短而僵硬的步伐前進，兩腳開開的。）我又
　　　　　　再度開始思考這件事情。這一生中我一直想擺脫
　　　　　　它，我說，維拉迪米爾，理智點，你還沒嘗試過
　　　　　　所有的事。所以我又重新掙扎。（陷入憂鬱的沉
　　　　　　思，爾後轉身向艾斯特崗。）啊！你又在這裡。

艾斯特崗　是嗎？

維拉迪米爾　很高興看到你回來。我以為你再也不回來了。

艾斯特崗　我也這麼想。

1　原文Nothing to be done. 此句在劇中一再出現，有「不必做」或是
　「沒事做」並存之意，中文難以表達，做不「了」較貼近原意。

維拉迪米爾	終於又在一起了。我們該好好地慶祝。可是怎麼慶祝?(思考。)
	起來讓我抱抱。
艾斯特崗	(生氣。)現在不要,現在不要。
維拉迪米爾	(受傷。冷冷地。)那我可以請教閣下在哪裡過夜嗎?
艾斯特崗	水溝裡。
維拉迪米爾	(讚歎地。)水溝!在哪裡?
艾斯特崗	(沒有手勢。)那裡。
維拉迪米爾	他們沒打你?
艾斯特崗	打我?當然有打我。
維拉迪米爾	跟以前一樣多[2]?
艾斯特崗	一樣多?我不知道。
維拉迪米爾	每當我想起這件事……這些年來……如果沒有我的話……你會落得什麼下場……?
	(很堅決地。)毫無疑問,這個時候你就只剩一小堆白骨。
艾斯特崗	那又怎樣?
維拉迪米爾	(沮喪地。)對一個人來說那太沉重了。(停頓,高興地。)我總是說現在垂頭喪氣有什麼用處。在九○年代時我就說,一百萬年以前我們就該想

---

2 貝克特常用語意模糊或語帶雙關的句子,此為一例。原文The same lot as usual.意指打的人數,但也可強調果果被打的次數,因此譯文不刻意把「人」譯出來。

到了。

艾斯特崗　哦！不要再講廢話了，來幫我脫掉這個混帳東西。

維拉迪米爾　在第一批人中，我們在艾菲爾鐵塔的頂端手牽著手。那時我們還上得了台面。現在卻太遲了，他們甚至不讓我們上去。(艾斯特崗扯他的皮靴。)你在做什麼？

艾斯特崗　脫鞋子。你從來沒有脫過鞋子嗎？

維拉迪米爾　鞋子必須每天脫，跟你說多少次了，你為什麼總是不聽呢？

艾斯特崗　(虛弱地。)幫幫忙。

維拉迪米爾　痛嗎？

艾斯特崗　痛！他想知道我是不是會痛！

維拉迪米爾　(生氣。)除了你就沒有人受苦，我就不算！我想知道如果你像我一樣你會怎麼說。

艾斯特崗　痛嗎？

維拉迪米爾　痛！他想知道我是不是會痛！

艾斯特崗　(指著。)你總可以扣起來吧？

維拉迪米爾　(俯身。)對哦！(扣好褲襠。)絕不能忽略生活上的小細節。

艾斯特崗　你指望什麼，你總是等到最後一刻。

維拉迪米爾　(沉思。)最後一刻……(想了一會兒。)所盼望的遲延未得，令什麼擔憂的……[3]這是誰說的？

艾斯特崗	你為什麼不幫我？
維拉迪米爾	有時候我以為總是等得到[4]，但是之後我就變得很迷惑。(脫帽，仔細看裡面，抖一抖帽子，又戴上。)怎麼說呢？雖然已經放心了，卻又同時感到(思索適當的字。)……驚恐。(加重語氣。)**驚—恐**。(他又脫帽，仔細端詳帽內。)滑稽。(敲帽頂，彷彿要敲出無關緊要的東西。再細看帽內，又戴上。)什麼都做不了。(艾斯特崗用力把鞋子脫掉了。端詳鞋內，摸摸裡面，把它倒過來，搖一搖，看是否有東西掉到地上。沒有東西，又看裡面，然後茫然地看前方。)怎樣？
艾斯特崗	沒什麼。
維拉迪米爾	我看看！
艾斯特崗	沒什麼好看。
維拉迪米爾	再穿上看看。
艾斯特崗	(檢查腳。)我要讓它透氣一下。
維拉迪米爾	就是有你這種人，自己的腳有毛病卻怪鞋子。(他又脫掉帽子，仔細端詳裡面，摸摸裡面，敲敲帽頂，吹一口氣，又戴上。)這愈來愈讓人不

---

3 按《舊約聖經・箴言》13:12：「所盼望的延遲未得，令人心憂……」原文是"Hope deferred maketh the heart sick."但是作者在此刻意讓維拉迪米爾忘記經文裡的「心憂」(heart)這個字，而有所隱喻。

4 維拉迪米爾指的是希望，但是貝克特在此句裡不刻意說明，因此譯文也故意省略。

　　　　　　　安了。(沉默。維拉迪米爾陷入沉思，艾斯特崗
　　　　　　　拉他的腳指頭。)其中一個小偷得救了。(停
　　　　　　　頓。)這是個合理的比例。(停頓。)果果。

艾斯特崗　　　什麼？

維拉迪米爾　　可能我們懺悔過[5]。

艾斯特崗　　　懺悔什麼？

維拉迪米爾　　哦……(思索。)其實我們不需要想那麼深。

艾斯特崗　　　我們的出生？

　　　　　　　(維拉迪米爾突然爆笑，差點岔氣。手按恥骨，
　　　　　　　臉部扭曲。)

維拉迪米爾　　再也不敢笑了。

艾斯特崗　　　真是壞毛病。

維拉迪米爾　　只能微笑。(突然裂嘴而笑，持續笑著，又突然
　　　　　　　收起笑容。)那是不一樣的。什麼都做不了。(停
　　　　　　　頓。)果果。

艾斯特崗　　　(生氣地。)又怎麼了？

維拉迪米爾　　你讀過《聖經》嗎？

艾斯特崗　　　《聖經》……(思索。)我想我一定有瞄過。

維拉迪米爾　　你記得福音書嗎？——

艾斯特崗　　　我記得聖地的地圖。五彩繽紛的顏色，很漂亮。
　　　　　　　死海是淡藍色的，看了會覺得口渴，那是我們要
　　　　　　　去的地方。我以前總說那才是我們要去度蜜月的

5　Repented傾向於宗教上的「懺悔」之意，因而捨「後悔」的譯文。

地方，我們可以游泳，我們會很快樂。

維拉迪米爾 你應該是個詩人。

艾斯特崗 我曾經是。(手指著他的破衣服。)這不夠明顯嗎？(沉默。)

維拉迪米爾 我剛才說到哪裡了……你的腳還好嗎？

艾斯特崗 都腫起來了。

維拉迪米爾 啊，對，那兩個小偷，你記得這個故事嗎？

艾斯特崗 不記得。

維拉迪米爾 要我告訴你嗎？

艾斯特崗 不要。

維拉迪米爾 可以打發時間。(停頓。)兩個小偷和我們的救世主[6]同時被釘上十字架。一個……

艾斯特崗 我們的什麼？

維拉迪米爾 我們的救世主。兩個小偷，一個可能得救了，另一個……(尋找得救的相反詞。)……被詛咒。

艾斯特崗 從哪裡得救？

維拉迪米爾 地獄。

艾斯特崗 我要走了。

(沒動。)

維拉迪米爾 但是……(停頓。)……怎麼講——希望你不覺得無聊——怎麼可能這四個福音使者中只有一個談到有個小偷被救。這四個聖徒都在那裡——或附

---

6 Our Saviour就整齣戲而言，意指這對流浪漢的救主，但在此意指耶穌，因此譯為救世主較妥當。

近——卻只有一個談到一個小偷被救。(停頓。)
來，果果，輪到你說了，好不好，至少說一次
啦？

艾斯特崗　(誇張的興奮表情。)我發現這真的太好玩了。

維拉迪米爾　四人中只有一人。其他三人有兩人根本沒有提過
任何小偷，而第三個說其他兩個小偷辱罵他。

艾斯特崗　誰？

維拉迪米爾　什麼？

艾斯特崗　究竟是怎麼了？辱罵誰？

維拉迪米爾　救世主。

艾斯特崗　為什麼？

維拉迪米爾　因為他不肯救他們。

艾斯特崗　救他們免於下地獄嗎？

維拉迪米爾　笨蛋！免於一死。

艾斯特崗　我以為你是說下地獄。

維拉迪米爾　免於一死，免於一死。

艾斯特崗　那又怎樣？

維拉迪米爾　所以這兩人一定是被詛咒的。

艾斯特崗　難道不是？

維拉迪米爾　但是四個人中有一人說兩者之一是得救了。

艾斯特崗　嗯，他們沒有共識，就這麼回事。

維拉迪米爾　但是四個全在場，而只有一人談到一個小偷得
救。為什麼只相信這個人而不相信其他人呢？

艾斯特崗　誰相信他？

維拉迪米爾	每個人。這是眾所皆知的唯一說法。
艾斯特崗	人類是他媽的無知人猿。
	(痛苦地，跛著走到舞台左端，停住。以手護眼看前方，轉身，走到右端，瞭望前方。維拉迪米爾注視他，然後走去撿起皮靴仔細看裡面，急忙丟掉皮靴。)
維拉迪米爾	呸！
	(吐一口痰。艾斯特崗走到舞台中央，背對觀眾。)
艾斯特崗	多迷人的地方。(轉身，進一步到台前停下來面對觀眾。)振奮人心的景觀。(轉向維拉迪米爾。)我們走。
維拉迪米爾	我們不能。
艾斯特崗	為什麼不能？
維拉迪米爾	我們在等待果陀。
艾斯特崗	(絕望地。)噢！(停頓。)你確定是這裡？
維拉迪米爾	什麼？
艾斯特崗	我們必須在這裡等？
維拉迪米爾	他說在這棵樹旁。(他們看著樹。)你有看到其他的樹嗎？
艾斯特崗	這是什麼樹？
維拉迪米爾	不知道。柳樹。
艾斯特崗	葉子呢？
維拉迪米爾	一定是枯死了。

艾斯特崗　　不再低垂了[7]。

維拉迪米爾　可能季節還不到。

艾斯特崗　　我覺得它看來更像一棵矮樹。

維拉迪米爾　一棵灌木。

艾斯特崗　　一棵矮樹。

維拉迪米爾　一棵—— 你在暗示什麼？我們來錯地方嗎？

艾斯特崗　　他應該在這裡的。

維拉迪米爾　他又沒說他一定會來。

艾斯特崗　　如果他不來呢？

維拉迪米爾　那我們明天再來。

艾斯特崗　　然後後天再來。

維拉迪米爾　可能。

艾斯特崗　　然後順延下去。

維拉迪米爾　重點是——

艾斯特崗　　直到他來。

維拉迪米爾　你很殘忍。

艾斯特崗　　昨天我們來過這裡。

維拉迪米爾　噢！不，你搞錯了。

艾斯特崗　　昨天我們做了什麼？

維拉迪米爾　昨天我們做了什麼？

艾斯特崗　　對。

維拉迪米爾　為什麼……(生氣地。)有你在，沒有一件事是確

7　Weeping有低泣和枝葉垂下之意。在此可見貝克特用字的巧意，然而
　對譯者是一大挑戰。

定的。

艾斯特崗　照我看來，昨天我們來過這裡。

維拉迪米爾　(環視四周。)你認得這個地方？

艾斯特崗　我可沒這麼說。

維拉迪米爾　嗯？

艾斯特崗　反正都一樣。

維拉迪米爾　都一樣……那棵樹……(轉向觀眾。)那片沼澤。

艾斯特崗　你確信是今天傍晚？

維拉迪米爾　什麼？

艾斯特崗　我們等的時間。

維拉迪米爾　他說週六。(停頓。)我想。

艾斯特崗　你想。

維拉迪米爾　我一定有寫下來。

　　　　　(在口袋裡掏了一會兒，掏出亂七八糟的東西。)

艾斯特崗　(狡點的樣子。)但是哪一個週六？是週六嗎？不是週日嗎？(停頓。)或週一？(停頓。)或週五？

維拉迪米爾　(睜大眼睛望著四周，彷彿日期就刻在風景中。)那是不可能的。

艾斯特崗　或週四？

維拉迪米爾　那我們怎麼辦？

艾斯特崗　如果他昨天來了，我們不在這裡，你就可以確定他今天不會再來了。

維拉迪米爾　但是你說我們昨天就在這裡。

艾斯特崗　我可能搞錯了。(停頓。)我們暫時閉嘴，你介意

嗎？

維拉迪米爾　（無精打采。）好。（艾斯特崗坐在小土坡上。維拉迪米爾焦慮不安地來回踱步，時而停下來注視前方。艾斯特崗打盹。維拉迪米爾停在艾斯特崗的前面。）果果！……果果！……果果！
（艾斯特崗猛然驚醒。）

艾斯特崗　（仍有點驚恐。）我睡著了。（絕望的表情。）爲什麼你從來不讓我睡呢？

維拉迪米爾　我很寂寞。

艾斯特崗　我做了夢。

維拉迪米爾　我不要聽。

艾斯特崗　我夢到——

維拉迪米爾　我—不—要—聽。

艾斯特崗　（指向宇宙。）對你來說這個就夠了嗎？（沉默。）你很差勁，迪迪。如果我不能跟你說，我向誰說那些私密的夢魘？

維拉迪米爾　你自己留著吧！你知道我受不了的。

艾斯特崗　（冷漠地。）有時候我懷疑我們是不是最好分手[8]。

維拉迪米爾　你走不遠的。

艾斯特崗　那就太糟了，眞的太糟了。（停頓。）那不就很糟嗎？迪迪？（停頓。）
當你想到這一路上的美景。（停頓。）還有同伴的

8　part和後文depart都有分開和分手之意，譯文採後者，乃因這對流浪漢的關係既像情人又像朋友。

善良。(停頓，巴結地。)難道不是嗎？迪迪。

維拉迪米爾　冷靜點。

艾斯特崗　(耽溺地。)冷靜……冷靜……英國人說「攏靜」(停頓。)你知道那個英國人逛妓女戶的故事吧！

維拉迪米爾　知道。

艾斯特崗　說來聽聽。

維拉迪米爾　噢！住口。

艾斯特崗　有一個喝得比平常還醉的英國人來到妓女戶，老鴇問他你要挑個白嫩細緻的，還是黑得發亮的，或是一頭紅髮的？

維拉迪米爾　住口！

(維拉迪米爾急忙下。艾斯特崗起身緊跟著到舞台邊。艾斯特崗的手勢好像是觀眾為拳擊手助陣。維拉迪米爾上。他與艾斯特崗擦肩而過，低頭穿過舞台。艾斯特崗走向他，停止。)

艾斯特崗　(溫柔地。)你要跟我說話嗎？(沉默。艾斯特崗又向前一步。)你有話要對我說嗎？(沉默。又向前一步。)迪迪……

維拉迪米爾　(沒轉身。)我沒有什麼要跟你說。

艾斯特崗　(走向前。)生氣了？(沉默。走向前。)對不起。(沉默。走向前。艾斯特崗把手放在維拉迪米爾的肩上。)來，迪迪。(沉默。)把手給我。(維拉迪米爾半轉身。)抱我！(維拉迪米爾僵硬地。)不要這麼固執。(維拉迪米爾態度稍緩和，他們

擁抱，艾斯特崗馬上推開維拉迪米爾。)你滿嘴
的大蒜味。

維拉迪米爾　還不是爲了腎臟好。(沉默，艾斯特崗專心地看
樹。)我們現在做什麼？

艾斯特崗　等待。

維拉迪米爾　對。但是等的時候做什麼？

艾斯特崗　我們來上吊怎麼樣？

維拉迪米爾　嗯！這樣會使我們勃起！

艾斯特崗　(非常興奮。)勃起！

維拉迪米爾　另外的收穫是，這樹倒下時就是曼陀羅草長出來
的時候。這就是爲什麼你拔起曼陀羅草時，他們
會尖叫。你不知道嗎[9]？

艾斯特崗　那我們馬上上吊！

維拉迪米爾　吊在樹枝上？(他們走向樹。)我看不行。

艾斯特崗　我們總可以試試看。

維拉迪米爾　你請。

艾斯特崗　你先。

維拉迪米爾　不，不，你先。

艾斯特崗　爲什麼是我？

維拉迪米爾　你比我輕。

艾斯特崗　就是因爲這樣。

維拉迪米爾　我不明白。

9　曼陀羅草(風茄)是《聖經》雅歌提及用來調情的植物，跟上文的勃
起產生關聯。

艾斯特崗	用你的腦筋，不會嗎？
	(維拉迪米爾用他的腦筋。)
維拉迪米爾	(最後。)我還是不明白。
艾斯特崗	就是因爲這樣。(他想了一下。)這樹枝……這樹枝……(生氣地。)用你的腦，不會嗎？
維拉迪米爾	只有你能幫我。
艾斯特崗	(很努力地。)果果輕——樹枝不斷——果果死。迪迪重——樹枝斷——迪迪孤單。但是——
維拉迪米爾	我沒想到這些。
艾斯特崗	如果樹枝可以吊死你，也可以吊死其他東西。
維拉迪米爾	可是我比你重嗎？
艾斯特崗	是你說的，我不知道。半斤八兩，差不多啦。
維拉迪米爾	哪！我們該怎麼做？
艾斯特崗	我們什麼都不要做，這樣比較安全。
維拉迪米爾	我們等著，看他怎麼說。
艾斯特崗	誰？
維拉迪米爾	果陀。
艾斯特崗	好主意。
維拉迪米爾	我們等，直到我們確實知道我們的處境。
艾斯特崗	話又說回來，也許最好打鐵趁熱。
維拉迪米爾	我很想知道他給什麼，然後我們再決定聽或不聽。
艾斯特崗	我們究竟跟他要求什麼？
維拉迪米爾	你當時不在場嗎？

艾斯特崗	我沒注意聽。
維拉迪米爾	哦……也不是什麼明確的事。
艾斯特崗	像祈禱那樣。
維拉迪米爾	正是。
艾斯特崗	模糊的祈禱。
維拉迪米爾	完全正確。
艾斯特崗	他怎麼回答？
維拉迪米爾	說他會考慮。
艾斯特崗	說他不能承諾什麼。
維拉迪米爾	說他得好好地想想。
艾斯特崗	在他寧靜的房間。
維拉迪米爾	請教他的家人。
艾斯特崗	他的朋友。
維拉迪米爾	他的經紀人。
艾斯特崗	他的駐派記者。
維拉迪米爾	他的書本。
艾斯特崗	他的銀行帳戶。
維拉迪米爾	然後才做決定。
艾斯特崗	這是正常程序。
維拉迪米爾	不是嗎？
艾斯特崗	我想是吧。
維拉迪米爾	我也這麼想。
	（沉默。）
艾斯特崗	（焦慮地。）那我們呢？

維拉迪米爾	你說什麼？
艾斯特崗	我是說，那我們呢？
維拉迪米爾	我聽不懂。
艾斯特崗	我們怎麼湊進去[10]？
維拉迪米爾	湊進去？
艾斯特崗	別急。
維拉迪米爾	湊進去？用四肢著地爬進去。
艾斯特崗	這麼糟嗎？
維拉迪米爾	閣下想維護特權嗎？
艾斯特崗	我們再也沒有權利了嗎？
	（維拉迪米爾笑了，跟之前一樣岔了氣，笑容減少。）
維拉迪米爾	如果允許的話，我忍不住想笑。
艾斯特崗	我們喪失權利了嗎？
維拉迪米爾	（堅決地。）我們擺脫權利了。
	（沉默。他們保持不動，臂膀下垂，頭沉到膝蓋之間。）
艾斯特崗	（無力地。）我們沒被綁住吧？（停頓。）我們沒——
維拉迪米爾	注意聽！
	（他們注意聽，身體呈現古怪的僵硬姿勢。）
艾斯特崗	我沒聽到什麼。
維拉迪米爾	噓！（他們傾聽。艾斯特崗失去平衡，幾乎跌

10　有參與之意。

　　　　　　倒。他急忙抓住維拉迪米爾的手臂，維拉迪米爾
　　　　　　也差一點跌倒。他們擠在一起注意聽。）我也沒
　　　　　　有。（鬆了一口氣。然後分開。）

艾斯特崗　　你嚇了我一跳。

維拉迪米爾　我以為是他。

艾斯特崗　　誰？

維拉迪米爾　果陀。

艾斯特崗　　呸！那是風吹過蘆葦的聲音。

維拉迪米爾　我可以發誓我聽到叫聲。

艾斯特崗　　為什麼他要叫。

維拉迪米爾　叫他的馬。

　　　　　　（沉默。）

艾斯特崗　　（粗暴地。）我餓了。

維拉迪米爾　你要胡蘿蔔嗎？

艾斯特崗　　只有胡蘿蔔嗎？

維拉迪米爾　可能有一些大頭菜。

艾斯特崗　　給我一條胡蘿蔔。（維拉迪米爾亂搜口袋，拿出
　　　　　　大頭菜，遞給艾斯特崗。艾斯特崗咬了一口，很
　　　　　　生氣地。）這是大頭菜。

維拉迪米爾　哦！對不起。我可以發誓它剛才是條胡蘿蔔。
　　　　　　（又摸口袋，還是只找到大頭菜。）就只有大頭
　　　　　　菜。（他又摸口袋。）你一定把最後一根也吃了。
　　　　　　（他又摸口袋。）等等，我找到了。（拿出一根胡
　　　　　　蘿蔔，遞給艾斯特崗。）哪，老兄。（艾斯特崗用

袖子擦胡蘿蔔，準備吃。)還我。(艾斯特崗遞回
大頭菜，維拉迪米爾把它放進口袋裡。)慢慢
吃，這是最後一個。

艾斯特崗　(咀嚼。)我剛才問你一個問題。

維拉迪米爾　啊。

艾斯特崗　你回答了嗎？

維拉迪米爾　胡蘿蔔的味道怎樣？

艾斯特崗　就是胡蘿蔔嘛。

維拉迪米爾　那就更好，那就更好。(停頓。)你剛才想知道什
麼？

艾斯特崗　我忘了。(咀嚼狀。)真傷腦筋。(以食指和拇指
懸著胡蘿蔔，頗欣賞地看著它。)我永遠也忘不
了這個胡蘿蔔。(若有所思地吸吮胡蘿蔔的末
端。)啊，對啦，我記起來了。

維拉迪米爾　什麼？

艾斯特崗　(滿嘴的胡蘿蔔，一副蠢樣子。)我們沒有被綁住
吧！

維拉迪米爾　我一個字也沒聽到。

艾斯特崗　(咀嚼，吞嚥。)我問你我們是不是被綁住了。

維拉迪米爾　被綁住？

艾斯特崗　被綁——住。

維拉迪米爾　什麼意思被綁住？

艾斯特崗　被控制。

維拉迪米爾　但是跟誰？被誰綁住？

艾斯特崗	被你的人。
維拉迪米爾	被果陀？被果陀綁住？什麼話。那還用問。(停頓。)至少目前。
艾斯特崗	他的名字叫果陀？
維拉迪米爾	我想是吧！
艾斯特崗	多奇妙。(手握胡蘿蔔葉子，舉起剩餘的胡蘿蔔在眼前旋轉。)奇怪，愈吃愈難吃。
維拉迪米爾	我正好相反。
艾斯特崗	換句話說？
維拉迪米爾	這垃圾我吃得愈多就愈習慣。
艾斯特崗	(思考良久。)這算相反嗎？
維拉迪米爾	那是脾氣的問題。
艾斯特崗	是個性。
維拉迪米爾	無可奈何。
艾斯特崗	掙扎也沒用。
維拉迪米爾	本性如此。
艾斯特崗	使力也沒用。
維拉迪米爾	本質不變。
艾斯特崗	什麼都做不了。(把剩餘的胡蘿蔔遞給維拉迪米爾。)要不要把它吃完？ (附近傳來一聲慘叫，艾斯特崗的胡蘿蔔掉到地上。他們靜止一會兒，然後急忙跑到舞台左右兩側。艾斯特崗跑到一半，又折回來，撿起胡蘿蔔，塞進口袋，跑向正在等他的維拉迪米爾。他

又停下來，折回去撿他的皮靴，然後奔向維拉迪米爾。他們擠在一起，縮肩，怯生生地等著面臨的威脅。

潑佐和幸運上。潑佐拉著套在幸運脖子的繩子。所以幸運先到場，然後是繩子，最後才是潑佐。繩子的長度很長，於是幸運經過舞台中央後，潑佐才出場。幸運背一個沉重的袋子、一張摺凳、一個野餐籃子和厚重大衣。潑佐手拿鞭子。）

潑佐　　　（場外。）走！（鞭子拍打聲，潑佐出現。他們穿過舞台。幸運經過維拉迪米爾和艾斯特崗，消失在舞台上。潑佐看了維拉迪米爾和艾斯特崗，停了一下。潑佐突然猛力地拉緊繩子。）回來！
　　　　　（場外是幸運掉落所有東西的聲音。維拉迪米爾和艾斯特崗轉向他，又害怕又想幫他。維拉迪米爾向前走了幾步，艾斯特崗拉他的袖子回來。）

維拉迪米爾　放開我。

艾斯特崗　　站著別動。

潑佐　　　　小心！他很壞。（維拉迪米爾和艾斯特崗轉向潑佐。）尤其對陌生人。

艾斯特崗　　（低聲地。）就是他嗎？

維拉迪米爾　誰？

艾斯特崗　　（試著記起名字。）呃……

維拉迪米爾　果陀？

艾斯特崗　　對。

潑佐	我來自我介紹，我叫潑佐。
維拉迪米爾	（對著艾斯特崗。）絕不是。
艾斯特崗	他說是果陀。
維拉迪米爾	絕不是。（羞澀地對潑佐。）先生，你不是果陀先生嗎？
潑佐	（可怕的聲音。）我是潑佐！（沉默。）潑佐！（沉默。）這個名字對你沒有意義嗎？（沉默。）我說這名字對你沒有意義嗎？（維拉迪米爾和艾斯特崗疑惑地看著對方。）
艾斯特崗	（假裝尋思。）巴佐……巴佐……
維拉迪米爾	（假裝尋思。）潑佐……潑佐……
潑佐	潑——佐——。
艾斯特崗	哦！潑佐……讓我想一下……潑佐……
維拉迪米爾	是潑佐還是巴佐？
艾斯特崗	潑佐……不……恐怕我……不……我好像不……（潑佐面帶威脅地逼近。）
維拉迪米爾	（善意地。）我曾經認識一個叫果佐的一家人，媽媽得花柳病。
艾斯特崗	（急忙地。）先生，我們跟他們不是一夥的。
潑佐	（停步。）你們是人類，不折不扣。（戴上眼鏡。）只要眼睛看得見。（拿下眼鏡。）跟我同類。（突然爆出笑聲。）跟潑佐同類。依上帝形像造成的。
維拉迪米爾	那麼你知道——

潑佐	（霸道地。）誰是果陀？
艾斯特崗	果陀？
潑佐	你們把我當成果陀。
艾斯特崗	哦，不，先生，完全沒這回事，先生。
潑佐	他是誰？
維拉迪米爾	哦……他是……他是一個舊識。
艾斯特崗	不是這樣的，我們幾乎不認識他。
維拉迪米爾	真的……我們跟他不是很熟……反正也沒有差別。
艾斯特崗	就個人而言，如果我看到他，也不認得他。
潑佐	你把我當成他。
艾斯特崗	（在潑佐面前顯得退縮。）那是說……你明白的……這傍晚……這種緊張狀態……等待……坦白說……那一時……我以為……
潑佐	等待？所以你們在等他？
維拉迪米爾	呃，你知道嘛——
潑佐	在這裡？在我的地盤上？
維拉迪米爾	我們沒有惡意。
艾斯特崗	我們是好心好意的。
潑佐	路是公用的。
維拉迪米爾	我們也是這麼認為。
潑佐	這樣講挺丟臉的，可是你們已經來了。
艾斯特崗	我們也沒辦法。
潑佐	（慷慨的手勢。）不用提了。（猛拉繩子。）起來，

豬！(停頓。)他每次跌倒就睡著。(猛拉繩子。)
起來，豬！(幸運起身拾行李的聲音。潑佐猛拉
繩子。)回來！(幸運倒退上場。)停！(幸運
停。)轉身！(幸運轉身，友善地面向著維拉迪米
爾和艾斯特崗。)先生，很高興遇見你們。(維拉
迪米爾和艾斯特崗一副不可置信的樣子。)眞
的，眞的，打從心底的高興。(猛拉繩子。)近一
點。(幸運往前。)停！(幸運停。)對，當一個人
晃蕩的時候，這條路顯得很長……(看手
錶。)……對……(他計算。)……對，六個，沒
錯，連續六個鐘頭，卻一個鬼影子也見不到。
(對幸運。)外套！(幸運放下袋子，向前，給外
套，回原位，背起袋子。)拿著！(潑佐伸出鞭
子。幸運上前，雙手已沾滿東西，嘴去接鞭子，
然後退回原位。潑佐穿衣，停下來。)外套！(幸
運放下袋子、籃子和凳子，向前，幫潑佐穿上外
套。他回原位，拿起袋子、籃子和凳子。)今晚
有秋意了。(潑佐扣好鈕扣，俯身檢查，挺直身
子。)鞭子！(幸運向前，俯身，潑佐從他的嘴裡
抽回鞭子，幸運回原位。)對，先生，如果沒有
兩位同類的陪伴，我無法走太遠。(他戴上眼
鏡，端詳兩個同類。)縱使同類並不完美。(他摘
下眼鏡。)凳子！(幸運放下袋子和籃子，向前，
打開凳子，放下，回原位，背起袋子和籃子。)

近一點！（幸運放下袋子和籃子，向前，移動凳子，回原位，背起袋子和籃子。潑佐坐下，將鞭子的柄抵住幸運的胸口，推了一下。）退後！（幸運退後一步。）再退！（幸運又退一步。）停！（幸運停，面向維拉迪米爾和艾斯特崗。）這就是為什麼承蒙你們的允許，在我繼續趕路之前，我打算留下來陪你們一下。籃子！（幸運向前，給籃子，退回原位。）新鮮空氣刺激著我已發膩的胃口。（他打開籃子，拿出一塊雞肉和一瓶酒。）籃子！（幸運向前，拾起籃子，回原位。）遠一點！（幸運又退一步。）他很臭。多快樂的日子！（喝了幾口酒，放下酒瓶開始吃。沉默。維拉迪米爾和艾斯特崗剛開始小心翼翼地，後來大膽地繞著幸運，上下打量他。潑佐狼吞虎嚥地吃完雞肉，把骨頭吸了幾口之後丟到地上。幸運的身子慢慢地下垂，直到袋子和籃子碰地時因驚醒而挺起身子，然後又開始下垂。雙腳呈現睡眠的節奏。）

艾斯特崗　　他怎麼了？

維拉迪米爾　他看起來很累。

艾斯特崗　　為什麼不放下袋子？

維拉迪米爾　我怎麼知道。（他們更靠近。）小心！

艾斯特崗　　對他說些話。

維拉迪米爾　你看！

艾斯特崗　　什麼？

維拉迪米爾	(以手指著。)他的脖子！
艾斯特崗	(看幸運的脖子。)沒看到什麼啊！
維拉迪米爾	這裡。
	(艾斯特崗繞到維拉迪米爾身邊。)
艾斯特崗	哦，我的天啊！
維拉迪米爾	一道長長的傷痕。
艾斯特崗	是繩結勒的。
維拉迪米爾	是磨破的。
艾斯特崗	難免的。
維拉迪米爾	是繩結勒出來的。
艾斯特崗	是磨出來的。
	(他們繼續觀察，細究幸運的臉。)
維拉迪米爾	(勉強地。)他不難看。
艾斯特崗	(聳肩，做鬼臉。)你這麼認為？
維拉迪米爾	有點脂粉氣。
艾斯特崗	你看他流口水。
維拉迪米爾	難免的。
艾斯特崗	你看他的口水。
維拉迪米爾	他可能是個笨蛋。
艾斯特崗	是個呆子。
維拉迪米爾	(靠近一點。)看起來好像甲狀腺腫。
艾斯特崗	(也靠近一點。)不見得。
維拉迪米爾	他在喘。
艾斯特崗	難免的。

維拉迪米爾	還有他的眼睛！
艾斯特崗	怎麼了？
維拉迪米爾	他的眼睛快掉出來了。
艾斯特崗	他看起來好像奄奄一息。
維拉迪米爾	不見得。(停頓。)問他問題。
艾斯特崗	這樣好嗎？
維拉迪米爾	又沒損失。
艾斯特崗	(羞怯地。)這位先生……
維拉迪米爾	大聲一點。
艾斯特崗	這位先生……
潑佐	別吵他！(他們轉向潑佐，潑佐剛吃完，用手背抹嘴。)你們難道看不出來他想休息嗎？籃子！(劃一根火柴，開始點菸斗。艾斯特崗注視地上的雞骨頭，一副想吃的樣子。幸運沒有移動，潑佐憤怒地丟掉火柴，猛拉繩子。)籃子！(幸運嚇一跳，差點跌倒。恢復知覺後，向前，把酒瓶放入籃子裡，回原位。艾斯特崗目不轉睛地注視骨頭。潑佐又劃另一根火柴點菸斗。)你能指望什麼呢？那又不是他的工作。(他吸口菸，將腿伸直。)哦！好多了。
艾斯特崗	(羞怯地。)對不起，先生……
潑佐	怎麼了？老兄。
艾斯特崗	呃……你吃完了……呃……你不需要這……呃……骨頭了是吧，先生？

維拉迪米爾　(勃然大怒。)你就不能等嗎？

潑佐　不，不，他問得好。我還要這骨頭嗎？(他用鞭子末端翻動骨頭。)不，我個人是不再需要了。(艾斯特崗進一步靠近骨頭。)但是……(艾斯特崗停了一下。)……但是理論上骨頭是屬於幫忙拿的人，所以你應該問的人是他。(艾斯特崗轉向幸運，有點猶豫。)去，去，別害怕，去問他，他會告訴你。(艾斯特崗走向幸運，停在他面前。)

艾斯特崗　這位先生……請問，這位先生……

潑佐　有人在問你話，豬！回答！(對艾斯特崗。)再問他。

艾斯特崗　請問，先生，這骨頭，你不需要這骨頭吧！

(幸運凝視艾斯特崗良久。)

潑佐　(狂喜地。)先生！(幸運低下頭。)回答！你要這骨頭，還是不要？(幸運保持沉默，潑佐對艾斯特崗。)骨頭是你的了。(艾斯特崗衝去撿起骨頭，開始啃咬。)我不喜歡這樣，我從來不知道他會拒絕骨頭。(憂心忡忡地看著幸運。)要是他病了，我就有得受了。

(他噴一口煙。)

維拉迪米爾　(突然爆發脾氣。)這簡直是丟臉！

(沉默。艾斯特崗嚇一大跳，停止啃咬骨頭。他看看潑佐和維拉迪米爾又看看潑佐。潑佐外表冷

	靜。維拉迪米爾一副很窘的樣子。）
潑佐	（對維拉迪米爾。）你意有所指嗎？
維拉迪米爾	（結巴但堅決的態度。）對待一個人⋯⋯（手指著幸運。）⋯⋯像這樣⋯⋯我覺得這樣⋯⋯不⋯⋯像一個人⋯⋯不⋯⋯那太丟臉了！
艾斯特崗	（不甘示弱。）很羞恥。
	（繼續啃骨頭。）
潑佐	你很嚴苛。（對維拉迪米爾。）你幾歲了？如果我的問題不算冒犯。（沉默。）60？70？（對艾斯特崗。）你說他幾歲了？
艾斯特崗	11歲。
潑佐	失禮了。（在皮鞭上彈菸灰，站起來。）我必須走了，感謝你們的陪伴。（他沉思。）除非我走以前再抽另一根菸。你們覺得怎樣？（他們沒說話。）哦，我菸癮不大，小極了。我不習慣連抽兩根菸，那會讓（手摸胸口，歎氣。）我的心臟噗噗地跳。（沉默。）都是尼古丁，一個人儘管事先預防，一旦吸了。（歎氣。）你知道那會怎樣。（沉默。）不過可能你不抽菸，是或不是？那不重要。（沉默。）可是我現在已經站起來了，現在又要坐回去，怎麼才能不裝模做樣呢？要讓自己看起來沒有——該怎麼說呢？——看起來沒有不穩。（面向維拉迪米爾。）請再說一遍。（沉默。）也許你沒說話？（沉默。）那不重要。讓我想看

	看……（沉思。）
艾斯特崗	哦！好多了。
	（把骨頭放進口袋裡。）
維拉迪米爾	我們走。
艾斯特崗	這麼快？
潑佐	等一下。（猛拉繩子。）凳子！（用鞭子指，幸運移動凳子。）再過來一些！這裡！（潑佐坐下，幸運回他的位置。）成了。（填了菸斗。）
維拉迪米爾	（迫切地。）我們走。
潑佐	希望我不是在趕你們走。只要等一下下，你們絕不後悔的。
艾斯特崗	（感覺能得好處。）我們不趕時間。
潑佐	（點燃菸斗。）第二次的滋味永遠不如……（從嘴裡拿出菸斗，打量它。）……我是說不如第一次。（又把菸斗放進嘴裡。）但它們是一樣好。
維拉迪米爾	我走了。
潑佐	他再也無法忍受我了。我可能不太有人情味，但是誰在乎？（對維拉迪米爾。）在你匆忙做任何事之前總要三思一下。你可能現在就走，趁著白天，因為不可否認現在仍是白天。（他們全望著天空。）好。（他們停止看天空。）如果那樣，會怎樣——（從嘴裡拿出菸斗，端詳它。）——火熄了——（重新點燃菸斗。）如果那樣——（吐煙動作。）——如果那樣（噴煙動作。）——如果那

様，你和那個⋯⋯你跟那個果得⋯⋯果陀⋯⋯果登⋯⋯的約會會怎麼樣？你知道我指誰，那個掌握你們的未來的人⋯⋯(停頓。)⋯⋯至少是你們最近的未來。

維拉迪米爾　誰告訴你的？

潑佐　他又跟我說話了！如果繼續下去，我們很快就會成為老朋友了。

艾斯特崗　為什麼他不把袋子放下呢？

潑佐　我也很樂意見他。見愈多的人我就愈快樂。遇到最下等的人，你也會變得更聰明，更富有，覺得自己更幸福。甚至你們⋯⋯(自負地來回看他們，以顯示他們是卑賤的人。)⋯⋯甚至你們，誰曉得，也會增加我的收穫。

艾斯特崗　為什麼他不把袋子放下呢？

潑佐　但那會讓我嚇一跳。

維拉迪米爾　有人問你問題。

潑佐　(愉快地。)問題！誰？什麼？前一刻你們還戰戰兢兢地稱我先生。現在你們卻問我問題，一定沒好意。

維拉迪米爾　(對艾斯特崗。)我想他在聽。

艾斯特崗　(繞著幸運轉。)什麼？

維拉迪米爾　你可以問他了，他正洗耳恭聽。

艾斯特崗　問他什麼？

維拉迪米爾　為什麼他不把袋子放下呢？

艾斯特崗	我也好奇。
維拉迪米爾	問他，不會嗎？
潑佐	(焦慮地注視他們的對話，擔心他們的問題會消失。)你想知道爲什麼他不放下袋子？你們這麼說的。
維拉迪米爾	對。
潑佐	(對艾斯特崗。)你確實同意他的問題？
艾斯特崗	他氣喘如牛。
潑佐	答案在這裡。(對艾斯特崗。)不過，我求你靜靜地站著，你讓我神經緊張。
維拉迪米爾	過來。
艾斯特崗	什麼？
維拉迪米爾	他要說話了。
	(艾斯特崗走到維拉迪米爾身邊。他們肩並肩安靜地等著。)
潑佐	好。每個人都準備好了嗎？每個人都在看我嗎？(看幸運，猛拉繩子，幸運抬頭。)看著我，豬！(幸運看他。)好。(把菸斗放進口袋裡，拿出小小的噴霧器噴喉嚨，再放回口袋裡。清清喉嚨、吐痰，又拿出噴霧器噴喉嚨，再放回口袋裡。)我準備好了。有人在聽嗎？每個人都準備好了嗎？(眼睛來回地梭巡他們，猛拉繩子。)豬！(幸運抬頭。)我不想對空氣說話。好，我想一下。

（思考。）

艾斯特崗　　我走了。

潑佐　　　　你們究竟想知道什麼？

維拉迪米爾　為什麼他——

潑佐　　　　（生氣貌。）別打斷我！（停頓。冷靜些。）如果我
　　　　　　們都一起說話，我們永遠也說不清楚。（停頓。）
　　　　　　我說到哪裡了？（停頓。大聲些。）我說到哪裡
　　　　　　了？（維拉迪米爾模仿背重物的動作。潑佐困惑
　　　　　　地看他。）

艾斯特崗　　（強而有力的語氣。）袋子。（指著幸運。）爲什
　　　　　　麼？一直背著。（他肩膀鬆垮，喘氣貌。）從不放
　　　　　　下。（張開手掌，輕鬆地伸直身子。）爲什麼？

潑佐　　　　哦！爲什麼你不早說呢？爲什麼他不讓自己舒服
　　　　　　些？讓我們把事情弄清楚，他沒有權力這麼做
　　　　　　嗎？當然有，可是他不要。是有原因的，爲什麼
　　　　　　他不要？（停頓。）兩位，是這樣的。

維拉迪米爾　（對艾斯特崗。）記下來。

潑佐　　　　他想留給我好印象，好讓我留住他。

艾斯特崗　　什麼？

潑佐　　　　可能我還沒講清楚。他想討好我，這樣我就不會
　　　　　　想攆走他。
　　　　　　不，這樣講也不清楚。

維拉迪米爾　你想甩掉他？

潑佐　　　　他想要花招，可是沒這麼好的事。

維拉迪米爾	你想甩掉他？
潑佐	他以為我看他背得很好，我就會繼續留住他。
維拉迪米爾	你受夠他了？
潑佐	其實他像豬一樣背重的東西，這根本不是他的工作。
艾斯特崗	你想甩掉他？
潑佐	他以為只要我看他不怕吃苦的樣子，我會後悔原來的決定。這是他可惡的詭計。好像我缺少奴隸。(三個人看幸運。)愛特力士[11]！朱庇特[12]的兒子！ (沉默。)好了，我想的就是這些。還有什麼問題嗎？(又拿出噴霧器。)
維拉迪米爾	你想甩掉他？
潑佐	注意，如果命運不是這樣安排，情形就不一樣了。我可能會換成他的處境，而他也是。願人各安其命，各終其所。
維拉迪米爾	你想甩掉他[13]？
潑佐	你說什麼？
維拉迪米爾	你想甩掉他？
潑佐	沒錯。不過，本來要趕走他，我是說我本來想一腳把他踢開。可是我慈悲為懷，我改變了主意，

11　希臘神話裡以肩頂天的巨神，比喻身負重擔的人。

12　羅馬神話中的宙斯神。

13　維拉迪米爾一副沒勁且語意模糊的說出一串連音。

要帶他去市場賣個好價錢。事實上你根本沒辦法把這種畜生趕走，最好的方法是殺了他們。

（幸運哭泣。）

艾斯特崗　　他哭了。

潑佐　　　　連老狗都比他還有尊嚴。（拿手帕給艾斯特崗。）你可憐他，你去安慰他。（艾斯特崗猶豫。）去啊！（艾斯特崗拿了手帕。）把他的眼淚擦乾，他會覺得不那麼惹人嫌。

（艾斯特崗猶豫。）

維拉迪米爾　來，給我，我去擦。

（艾斯特崗像小孩似地拒絕給手帕，兩人孩子氣似的動作。）

潑佐　　　　快點，別等他哭完了。（艾斯特崗接近幸運，幫他擦眼淚。幸運狠狠地踢他的小腿，艾斯特崗丟下手帕，縮回小腿，一邊喊痛，一邊搖搖晃晃地走回來。）手帕！

（幸運放下袋子和籃子，撿起手帕給潑佐，回原位，又拿起袋子和籃子。）

艾斯特崗　　噢，這隻豬！（捲起褲管。）他把我踢跛了。

潑佐　　　　我早就告訴過你他不喜歡陌生人。

維拉迪米爾　（對艾斯特崗。）我看。（艾斯特崗伸腿，維拉迪米爾很生氣地看潑佐。）他流血了。

潑佐　　　　好現象。

艾斯特崗　　（以另一隻腳撐著。）我再也不能走路了。

維拉迪米爾	（溫柔地。）我會背你。（停頓。）如果需要的話。
潑佐	他不哭了。（對艾斯特崗。）倒是換你哭了。（抒情地。）世界上的淚水是有限量的。因為有人開始哭泣時，某個地方的另一個人就停止。笑也是同樣情形。（他笑。）我們不要說這代人的壞話，這一代不比上一代不快樂。（停頓。）我們也不要說這代人的好話。（停頓。）什麼都別說。（停頓。明智的口氣。）真的，人口已增加不少。
維拉迪米爾	走走看。
	（艾斯特崗蹣跚地走了幾步，停在幸運面前，向他吐口痰，走過去坐在小土坡上。）
潑佐	猜猜看是誰教我這些美好的觀點。
	（停頓。指著幸運。）是我的幸運。
維拉迪米爾	（看著天空。）難道夜晚永遠不會來臨嗎？
潑佐	如果沒有他，所有思想和感覺只顯得稀鬆平常而已。（停頓。特別熱切地。）專業的憂慮！（冷靜些。）最高的真善美都遠遠超過我可以碰觸的，所以我只好將就點。
維拉迪米爾	（遠望天空的表情轉為驚嚇。）將就點？
潑佐	那是大約60年前……（他看錶。）……是，將近60年。（驕傲地站直身子。）從我的外表你們看不出來，對不對？跟他比我滿像個年輕人，不像？（停頓。）帽子！（幸運放下籃子，並脫下帽子。長長的白髮流瀉包覆整張臉。把帽子夾在腋下，

	提起籃子。)現在看著。(潑佐脫掉他的帽子。光
	禿禿的。他又戴上帽子。)看到了嗎?
維拉迪米爾	現在你要把他攆開。這樣一位年老忠誠的僕人。
艾斯特崗	的豬!
	(潑佐愈來愈激動。)
維拉迪米爾	你榨乾了他所有的好處才甩掉他,像丟一根……
	一根香蕉皮。眞是……
潑佐	(呻吟,用手抓頭。)我再也……受不了……他那
	個樣子……你們不知道……那很可怕……他非走
	不可……(揮動雙臂。)……我快瘋了……(崩
	潰。頭埋在手裡。)……我再也……受不了……
	(沉默。所有的人全看著潑佐。)
維拉迪米爾	他再也。
艾斯特崗	受不了。
維拉迪米爾	他快瘋了。
艾斯特崗	那很可怕。
維拉迪米爾	(對幸運。)你好大膽!眞可惡!這麼好的主人!
	還這麼折磨他!這麼多年!眞是的!
潑佐	(啜泣。)他以前很好……很管用……也會逗我開
	心……我的好天使……現在卻……他正在折殺
	我。
艾斯特崗	(對維拉迪米爾。)他要換掉他嗎?
維拉迪米爾	什麼?
艾斯特崗	他要找別人來代替他,是不是?

維拉迪米爾	我看不是。
艾斯特崗	什麼？
維拉迪米爾	我不知道。
艾斯特崗	問他。
潑佐	(冷靜些。)兩位先生，我不知道我是怎麼了。原諒我。忘了我所說的。(逐漸回復原來的態度。)我不記得說過什麼話，但是你們可以確信其中沒有一句話是真的。(挺直身體，拍打胸脯。)我看起來像個注定該受苦的人嗎？坦白說！(摸口袋。)我把菸斗放在哪裡了？
維拉迪米爾	迷人的傍晚。
艾斯特崗	難以忘懷。
維拉迪米爾	還沒結束。
艾斯特崗	顯然還沒有。
維拉迪米爾	才剛開始。
艾斯特崗	很糟糕。
維拉迪米爾	比啞劇還糟。
艾斯特崗	馬戲團。
維拉迪米爾	音樂廳。
艾斯特崗	馬戲團。
潑佐	我把菸斗放在哪裡了？
艾斯特崗	他很滑稽。他丟了菸斗。
	(放聲大笑。)
維拉迪米爾	我會回來。

　　　　　　　　(急忙走向側舞台。)

艾斯特崗　　　在走廊的盡頭，左邊。

維拉迪米爾　　幫我看好位子。

　　　　　　　　(維拉迪米爾下。)

潑佐　　　　　我丟了我的卡派彼得生[14]！

艾斯特崗　　　(雀躍不已。)他快把我笑死了。

潑佐　　　　　(往上看。)你有沒有看到——(沒看到維拉迪米
　　　　　　　爾。)哦！他走了！竟然沒說聲再見。他怎麼可
　　　　　　　以這樣！他可以等一下！

艾斯特崗　　　他會脹破。

潑佐　　　　　哦！(停頓。)哦！在那種情況下當然會……

艾斯特崗　　　過來。

潑佐　　　　　幹什麼？

艾斯特崗　　　你會知道的。

潑佐　　　　　你要我站起來？

艾斯特崗　　　快！(潑佐站起來走到艾斯特崗旁邊。艾斯特崗
　　　　　　　指遠處。)看！

潑佐　　　　　(戴上眼鏡。)哦！我的天吶！

艾斯特崗　　　結束了。

　　　　　　　　(維拉迪米爾上，一臉陰鬱，他用肩膀把幸運擠
　　　　　　　到一旁，踢他的凳子，躁怒地來回踱步。)

潑佐　　　　　他不高興。

14　英國名牌菸斗。

艾斯特崗	(對維拉迪米爾。)你錯過了一場好戲。可惜！
	(維拉迪米爾停住，擺好凳子，來回踱步！稍冷
	靜。)
潑佐	他沉靜下來了[15]。(環顧四周。)真的，所有的都
	沉靜下來了。
	深沉的寧靜降臨了。(舉起手。)聽！牧神沉睡了[16]。
維拉迪米爾	夜晚永遠不來了嗎？
	(三個人看天空。)
潑佐	你們非得等到天黑才走嗎？
艾斯特崗	哦，你知道——
潑佐	嗯，這倒是很自然，非常自然。如果我是你們，
	和果丁……果迪……果陀……有約，反正你們知
	道我指誰。我會一直等到夜幕低垂的時候才放
	棄。(看凳子。)我很想坐下來，可是我不知道怎
	麼做。
艾斯特崗	我可以幫你忙嗎？
潑佐	如果你問我，很有可能。
艾斯特崗	什麼？
潑佐	如果你請我坐下。
艾斯特崗	這樣有用嗎？

15　Subside有冷靜、減弱和下沉之意，此為雙關語，和下一句互
　　為意指。
16　Pan牧神是宙斯之子，羊犄角、羊腿、羊蹄，殘留獸的痕跡，帶著貪
　　婪、欲望、情欲等官能的特質。

潑佐	應該有吧。
艾斯特崗	來吧。請坐,先生,我求你。
潑佐	不,不,我不敢當!(停頓。旁白。)再問我一次。
艾斯特崗	來,來,坐下來,我懇求你,不然你會得肺炎。
潑佐	你真的這麼想?
艾斯特崗	對,一點也不假。
潑佐	毫無疑問你是當真的。(坐下。)又成了!(停頓。)謝謝你,老兄。(他看錶。)可是如果照我的行程表,我是必須上路了。
維拉迪米爾	時間停止了。
潑佐	(把錶貼近耳朵。)不要相信,先生,不要相信。(把錶放回口袋。)隨你怎麼說,可是事情不是那樣的。
艾斯特崗	(對潑佐。)今天對他來說每件事都很陰鬱[17]。
潑佐	除了這天空!(笑了,得意自己的措辭。)你不是屬於我們這一圈的人,你不知道我們這黃昏的微光可以做什麼。但是我知道怎麼回事,要不要我告訴你?(沉默。艾斯特崗又撥弄鞋子,維拉迪米爾玩弄帽子。)我無法拒絕你們。(抽菸。)請注意聽。(維拉迪米爾和艾斯特崗繼續玩弄他們的東西,幸運處於半睡狀態。潑佐無力地擊打鞭

---

17 Black譯成陰鬱,乃指迪迪對時間流逝得緩慢而增加等待的焦慮。

子。)這鞭子是怎麼啦？(站起來用力地擊打鞭
子，最後成功了。幸運跳起來。維拉迪米爾的帽
子，艾斯特崗的鞋子和幸運的帽子全掉在地上。
潑佐丟掉鞭子。)這鞭子壞了。(看著維拉迪米爾
和艾斯特崗。)我剛才說什麼？

維拉迪米爾	我們走。
艾斯特崗	我懇求你坐下，不然你會死。
潑佐	對。(坐下，對艾斯特崗。)你叫什麼名字？
艾斯特崗	亞當。

潑佐　(沒聽進去。)哦，是！這夜晚。(他抬頭。)可是
請務必多留意一點，否則我們永遠都不會有進
展。(凝視天空。)看。(除了幸運還在睡，所有
人看天空，潑佐猛拉繩子。)看天空，豬。(幸運
凝視天空。)好，這樣可以了。(他們停止看天
空。)這天空有什麼特別的呢？作為天空，它蒼
白而且散發亮光，就像每天這個時辰的天空一
樣。(停頓。)在這種緯度，(停頓。)如果天氣不
錯的話。(抒情語氣。)一個小時以前吧，(無聊
地看錶。)大約啦，(抒情地。)從早上十點起，
(遲疑，無聊地。)便不斷地流瀉(抒情地。)不間
斷地釋出光芒而喪失原本燦爛的光彩，轉為蒼
白。(兩手張開一頓一頓地下垂。)蒼白，愈發蒼
白，更蒼白直到(戲劇性地停頓，雙手誇大地猛
拍。)啪！結束了，一切都靜止了。但是——(警

告性的手勢。)——但是潛藏在這溫和平靜的面
紗下，夜晚掌控了一切(興奮地。)然後突然出現
在我們眼前。(手指摩擦出一響聲。)啪！像這
樣！(熱情消失了。)就在我們最料想不到的時
刻。(沉默，憂傷地。)這就是他媽的大地現象。
(沉默良久。)

艾斯特崗　　只要知道這麼回事。

維拉迪米爾　只要可以等待良機。

艾斯特崗　　只要知道指望什麼。

維拉迪米爾　無須煩惱。

艾斯特崗　　單純等待。

維拉迪米爾　我們已習慣了。

　　　　　　(撿起帽子，看裡面，抖抖帽子，又戴上。)

潑佐　　　　你們覺得我表現得怎麼樣？(維拉迪米爾和艾斯
　　　　　　特崗茫然若失地看著他。)

　　　　　　好看？還不錯？平平？不好？太差勁了？

維拉迪米爾　(首先明瞭其意。)哦很好。非常非常好。

潑佐　　　　(對艾斯特崗。)你呢？先生。

艾斯特崗　　哦！棒極了，的確的確棒極了[18]。

潑佐　　　　(熱情地。)祝福你們，先生，祝福你們。(停
　　　　　　頓。)我多麼需要鼓勵！(停頓。)結尾時我變得
　　　　　　有些軟弱，你們沒注意到嗎？

18　法文Tres bon意即很棒之意。此劇由貝克特親自翻譯成英文，但他保
　　留少數法文字，後文仍可見幾個例子。

維拉迪米爾	可能只有一丁丁點吧！
艾斯特崗	我以為是故意的。
潑佐	你看我的記憶很差。
	（沉默。）
艾斯特崗	同時什麼事也沒發生。
潑佐	你認為這很乏味？
艾斯特崗	是有一點。
潑佐	（對維拉迪米爾。）你呢，先生？
維拉迪米爾	我還滿容易滿足的。
	（沉默。潑佐內心掙扎。）
潑佐	先生，你們對我……很客氣。
艾斯特崗	那裡，那裡。
維拉迪米爾	沒有啦。
潑佐	真的，真的，你們一直是這樣。所以我捫心自問是不是輪到我為這些過得很無趣的忠實朋友做些什麼。
艾斯特崗	10法郎也不錯。
維拉迪米爾	我們又不是乞丐。
潑佐	為了讓他們高興，我問自己可以做什麼。我給了他們骨頭，我和他們談了這個談了那個，顯然我也已經解釋了這傍晚的微光。但這樣夠嗎？真是苦惱，這樣夠嗎？
艾斯特崗	5法郎也可以。
維拉迪米爾	（憤怒地對艾斯特崗。）夠了！

艾斯特崗	再少我就不接受了。
潑佐	這樣夠嗎？當然夠了。但是我慷慨大方，我天生如此。今天傍晚。算我倒楣。(他猛拉繩子。幸運看他。)因為我必須受折磨，毫無疑問。(撿起鞭子。)你比較喜歡什麼？我們要不要叫他跳舞，唱歌、吟誦、思考或——
艾斯特崗	誰？
潑佐	誰！你們知道怎樣思考嗎？你們兩個？
維拉迪米爾	他會思考？
潑佐	當然。很大聲。他甚至曾經思考得精采極了，我可以一聽就幾個小時。現在……(戰慄。)算我倒楣。怎樣，你們要不要叫他為我們思考一些事？
艾斯特崗	我寧願看他跳舞，比較有趣。
潑佐	不見得。
艾斯特崗	是不是，迪迪，這樣比較有趣？
維拉迪米爾	我倒希望聽他思考。
艾斯特崗	如果可以的話，也許他可以先跳舞再思考。
維拉迪米爾	(對潑佐。)這可能嗎？
潑佐	當然，再簡單不過了，這是正常的順序。(笑一下。)
維拉迪米爾	那就讓他跳舞。(沉默。)
潑佐	你聽到了沒，豬？
艾斯特崗	他從不拒絕嗎？

潑佐	他拒絕過一次。（沉默。）跳舞，可憐蟲！（幸運放下籃子，走向前，轉向潑佐。幸運跳舞。停止。）
艾斯特崗	就這樣而已。
潑佐	再來一次！ （幸運再跳一模一樣的舞，停止。）
艾斯特崗	呸！這我自己也能跳。（模仿幸運，差點跌倒。）只需要練習一下。
潑佐	他以前會跳法蘭多拉舞[19]、蘇格蘭舞[20]、戰鬥舞[21]、吉格舞曲[22]、方登戈舞[23]，甚至連號笛舞曲[24]都難不倒他。他也會蹦蹦跳跳，純粹好玩。

19　The farandole：起源於法國的尼斯，是一種多人協力一起跳的舞。舞者手牽著手隨著節拍跳躍，用一隻腳下重拍，單腳站立時左右相互交換位置，用兩隻腳收輕拍。

20　The fling：蘇格蘭舞。關於這種舞蹈有兩種說法。有人認為這是蘇格蘭人打仗後，慶祝戰爭勝利所跳的戰舞；另外一些人認為這是打仗前，用來驅魔而在戰甲上跳的舞。根據後者說法，舞者起舞時繞著戰甲上的尖刺打轉，並且同時彈指打拍子。

21　The brawl：原名是branle，16世紀的法國舞蹈，後來傳到英國以及蘇格蘭而被稱為brail。這種舞是給情侶跳的；他們排成圓圈或是成一條線，主要動作是橫向移動。

22　The jig：愛爾蘭民俗舞蹈。jig分很多種，通常以6/8拍寫成。常見的jig是以一個八拍的動作為基調，重複一次，然後進行下一個八拍的動作。

23　The fandango：西班牙佛朗明哥舞的一種。大方登戈舞由情侶進行熱情對舞，一開始節奏緩慢，但是隨著舞曲進行，節奏會逐漸轉快。小方登戈舞則是輕快活潑的舞，較適合慶典宴會。

24　The horpipe：絕大部分用4/4拍子寫成，通常是水手跳的民俗

現在這是他最厲害的舞步了。你知道他怎麼叫這
舞的嗎？

艾斯特崗　代罪羔羊的痛苦。

維拉迪米爾　硬板凳之舞[25]。

潑佐　網，他認為他陷在一張網裡。

維拉迪米爾　(像美學家一樣扭動著。)有些意義在裡面……
(幸運回去拿籃子。)

潑佐　嗚哇。
(幸運僵硬地站住。)

艾斯特崗　告訴我們他拒絕的那一次是怎麼回事。

潑佐　我很樂意，我很樂意。(掏口袋。)等一下。(掏
口袋。)我把噴霧器丟到哪裡呢？(掏口袋。)
嗯，這簡直是……(往上看，臉上露出驚恐的表
情。喃喃自語的說。)我找不到我的噴霧器。

艾斯特崗　(無力地。)我的左肺很弱。(虛弱地咳嗽，清亮
的聲調。)不過我的右肺很健康。

潑佐　(正常聲音。)沒關係！我剛才說什麼？(深思。)
等等。(深思。)嗯，
這簡直是……(抬頭。)幫幫我！

艾斯特崗　等等。

維拉迪米爾　等等。

(續)──────────────

舞蹈，發明於18世紀，盛行於19世紀。

25　The Hard Stool是一種板凳之舞，但也有便秘之意。因為此句大寫，
　　是專有名詞，並且由比較嚴肅的迪迪說出，因此取前者之意。

潑佐	等等。
	(三個人同時脫帽，手壓額頭，很專注地。)
艾斯特崗	(歡呼。)啊！
維拉迪米爾	他想到了。
潑佐	(沒耐心。)怎麼？
艾斯特崗	爲什麼他不放下行李？
維拉迪米爾	廢話！
潑佐	你確定？
維拉迪米爾	該死，你不是告訴我們了？
潑佐	我告訴你們了嗎？
艾斯特崗	他告訴我們了嗎？
維拉迪米爾	不管怎麼說，他已經放下來了。
艾斯特崗	(瞄一眼幸運。)他是放下來了，那又怎樣？
維拉迪米爾	因爲他已經放下行李，我們就不可能問他爲什麼不放下。
潑佐	言之成理。
艾斯特崗	那爲什麼他要放下行李？
潑佐	回答我們。
維拉迪米爾	爲了跳舞。
艾斯特崗	對！
潑佐	對！
	(沉默。他們戴上帽子。)
艾斯特崗	什麼事也沒發生。沒人來。沒人走。眞可怕！
維拉迪米爾	(對潑佐。)叫他思考。

潑佐	把他的帽子給他。
維拉迪米爾	他的帽子？
潑佐	沒有戴上自己的帽子，他不能思考。
維拉迪米爾	(對艾斯特崗。)給他帽子。
艾斯特崗	我去！他剛才對我那樣！別想。
維拉迪米爾	我來拿給他。
	(沒動。)
艾斯特崗	(對潑佐。)叫他自己來拿。
潑佐	最好是拿給他。
維拉迪米爾	我來拿給他。
	(撿起帽子，小心翼翼地伸長手臂遞給幸運，幸運沒動。)
潑佐	你要幫他戴上。
艾斯特崗	(對潑佐。)叫他接下帽子。
潑佐	最好是幫他戴上。
維拉迪米爾	我來幫他戴上。
	(走到幸運後面，小心翼翼地接近他，幫他戴上帽子後機巧地退回去。幸運沒動。沉默。)
艾斯特崗	他還等什麼？
潑佐	退後！(維拉迪米爾和艾斯特崗離幸運遠一些。潑佐猛拉繩子。幸運看潑佐。)思考，豬！(停頓。幸運開始跳舞。)停！(幸運停止。)向前面一些！(幸運前進。)停！(幸運停止。)思考！(沉默。)

幸運　　　話又說回來關於——

潑佐　　　停！(幸運停止。)退回去！(幸運退回去。)停！
　　　　　(幸運停止。)轉過來！(幸運轉向觀眾。)思考！
　　　　　(幸運念他的長篇大論時，其他人的反應如下：
　　　　　(1)維拉迪米爾和艾斯特崗全神貫注，潑佐沮喪
　　　　　而且厭惡的表情。(2)維拉迪米爾和艾斯特崗開
　　　　　始排斥，潑佐更痛苦。(3)維拉迪米爾和艾斯特
　　　　　崗又開始專注地聽，潑佐愈來愈激動且不斷呻
　　　　　吟。(4)維拉迪米爾和艾斯特崗抗拒得更厲害，
　　　　　潑佐跳起來拉繩子。大家一起拉，每個人大叫。
　　　　　幸運也拉繩子，重心不穩，大聲喊出他的話。三
　　　　　人往幸運身上撲，幸運掙扎且大聲地喊出他的
　　　　　話。)

幸運　　　邦喬和瓦特蒙出版的作品表現私人上帝以以以
　　　　　以[26]白鬍子以以以以超越時空的存在神聖冷漠神
　　　　　聖冷靜神聖失語[27]深愛我們某些例外原因不明不
　　　　　過時間會說明受苦如聖潔的米蘭達[28]原因不明不
　　　　　過時間會說明陷入痛苦陷入火焰熊熊的火焰如果
　　　　　繼續燃燒誰敢說不會燒到天際也就是說從地獄爆
　　　　　炸到天堂如此碧藍和沉寂如此平靜縱使只是間歇

26　quaquaquaqua是拉丁文qua的重複字，等於英文的as，中文的「以」
　　或「當」。

27　apathia、athambia和aphasia原為希臘文，是冷漠、冷靜和失語之意。

28　Miranda是莎劇《暴風雨》的男主角米蘭公爵普洛士丕羅之女。

的平靜總比沒有好不過沒這麼快而且考慮還有泰
斯都和庫那德的波西艾西人體體體體測量學的學
學學學院授權的留下未完成的勞力結果基於毫無
疑問毫無其他疑問抓緊人類的勞力因為泰斯都和
庫那德的未完成的勞力基於下文將說但沒這快原
因不明因為邦喬和瓦特蒙出版的作品基於毫無疑
問視花頭和敗車兒[29]的勞力留下未完成的勞力原
因不明泰斯都和庫那德留下未完成基於許多被否
定在波西的人類泰斯都和庫那德在艾西的人類總
之人類簡言之人類儘管消化和排便明顯進步仍被
視為消耗和逐漸腐蝕的消耗和腐蝕同時一致而且
原因不明儘管體育有明顯的進步運動項目的練習
例如網球足球跑步騎單車游泳飛行航行騎馬滑翔
考努力[30]女子曲棍球溜冰網球各種死亡飛行運動
各種秋天夏天冬天冬天網球各種曲棍球各種盤尼
西林和代用品簡言之我重新開始同時一致原因不
明萎縮儘管網球我重新開始飛行滑翔高爾夫球九
和十八洞各種網球簡言之原因不明就是費克曼派

29　Fartov是放屁之意，Belcher是罵人的話，以大寫呈現，為專有名詞，
　　因此直接譯為「花頭」和「敗車兒」，帶有戲謔之意。

30　Conating有努力、渴望和策劃之意，而貝克特取此字乃為配合前文其
　　他運動名稱的尾音ing，如：running, cycling, swimming, flying,
　　floating, riding, gliding。此字介於各項運動項目之間，卻非運動名
　　稱，乃是戲仿文字，因此譯為考努力。

克曼福漢克拉漢[31]同時一致甚且原因不明但時間
會說明我重新開始萎縮福漢克拉漢簡言之自柏克
萊主教[32]逝世後死去的失去每一人[33]為數大約一
时四盎司每一人以多多少少以最接近的十進位整
數計算在康內馬拉量身材赤裸裸只穿襪簡言之原
因不明無論如何事實在那裡而且考慮什麼更更嚴
重在亮光史坦威和彼得曼的勞力消失出現更更嚴
重在亮光亮光亮光在史坦威和彼得曼的勞力消失
在草原在高山在海邊在河邊水流火海空氣依然之
後大地即空氣之後此大地在酷寒漆黑中空氣和地
上的石頭在酷寒中天啊天啊在西元六百多年空氣
大地海地上的石頭在極深處極酷寒在海上在陸上
在空氣裡我重新開始原因不明儘管網球事實在此
但時間會說明我繼續開始天啊天啊繼續總之被罰
繼續石頭居所誰會懷疑我重新開始但沒這麼快我
的頭顱重新開始萎縮和消耗同時一致而且原因不
明儘管網球繼續鬍鬚火焰淚水石頭如此湛藍如此
寧靜天啊天啊繼續頭顱頭顱頭顱在康拉馬拉儘管
網球勞力廢棄剩餘未完成仍然更嚴屬石頭居所簡

31　Feckham, Peckham, Fulham和Clapham後三者是地名，位於倫敦近
　　郊。首字只是作者採和後三字諧音的文字，就像上兩個注解所談的
　　字，也是作者刻意為之的文字戲仿。
32　Bishop Berkeley英國人，1685年生於愛爾蘭。1734年被任命為愛爾蘭
　　羅因教區的主教，提倡唯心論。
33　拉丁文per caput是英文的per person，中文的「每一個人」。

言之我重新開始天啊天啊廢棄未完成在康拉馬拉
的頭顱頭顱儘管網球頭顱天啊石頭庫那德(混亂
中，最後的呼喊。)網球……石頭……如此寧
靜……庫那德……未完成……

潑佐　　　　他的帽子！

(維拉迪米爾搶走幸運的帽子。幸運沉默，然後
倒下。沉默。三個勝利者的喘息聲。)

艾斯特崗　　報仇了！

(維拉迪米爾仔細看帽子，又觀察帽子裡面。)

潑佐　　　　給我帽子！(從維拉迪米爾手中奪走帽子，丟到
地上，踐踏它。)

他的思考到此結束。

維拉迪米爾　但是他可以走嗎？

潑佐　　　　走不了就爬！(踢幸運。)起來，豬！

艾斯特崗　　說不定他死了。

維拉迪米爾　你會把他弄死。

潑佐　　　　起來，殘渣。(猛拉繩子。)幫我！

維拉迪米爾　怎麼幫？

潑佐　　　　把他扶起來！

(維拉迪米爾和艾斯特崗拉起幸運，扶他一會
兒，之後放了他，他又倒下。)

艾斯特崗　　他故意的。

潑佐　　　　你們要扶住他。(停頓。)去，去，拉他起來！

艾斯特崗　　見鬼才幫他。

維拉迪米爾　來啦！再一次。

艾斯特崗　他把我們當成什麼？

（他們拉起幸運，扶著他。）

潑佐　不要放掉！（維拉迪米爾和艾斯特崗步伐不穩。）不要亂動！（潑佐撿起袋子和籃子，走向幸運。）抓穩他！（把袋子放在幸運的手上，袋子立刻滑落。）不要放開他！（把袋子放回幸運的手上。幸運一感覺到袋子，逐漸恢復知覺，手指抓住袋子的手把。）扶住他！（如前的動作，幸運也抓住籃子。）好了！可以放開他了。（維拉迪米爾和艾斯特崗離開幸運。幸運步伐不穩，搖搖晃晃，身體仍低垂，但終於站立，手裡仍握著袋子和籃子。潑佐退後，猛擊繩子。）向前（幸運搖晃地向前。）退後！（幸運搖晃地退後。）轉過來！（幸運轉身。）好了，他可以走路了。（轉向維拉迪米爾和艾斯特崗。）謝謝，先生們，我……（掏口袋。）……我祝福你們……（繼續掏。）……祝你們……（繼續掏。）……我把手錶放哪裡了呢？（繼續掏。）一隻貨真價實的，先生，有錶蓋不必上發條的。（哭泣狀。）那是我爺爺給我的！（在地上找，維拉迪米爾和艾斯特崗也跟著找。潑佐以腳翻轉幸運的帽子。）哦！這簡直是——

維拉迪米爾　可能在你的褲袋裡。

潑佐　等等！（彎腰試著以耳朵靠近肚子。注意聽。沉

默。)我什麼都沒聽到。(招手要他們靠近。維拉
迪米爾和艾斯特崗靠近他,彎身在他的肚子
旁。)一定有人聽到滴答的聲音。

維拉迪米爾	安靜!
	(全體傾聽,彎腰。)
艾斯特崗	我聽到了。
潑佐	在哪裡?
維拉迪米爾	是心跳的聲音。
潑佐	(失望地。)混蛋。
維拉迪米爾	別吵!
艾斯特崗	說不定停了。
	(他們直起身子。)
潑佐	你們哪一個這麼臭?
艾斯特崗	他口臭我腳臭。
潑佐	我得走了。
艾斯特崗	那你的蓋錶呢?
潑佐	一定掉在莊園了。
	(沉默。)
艾斯特崗	那就告別了[34]。
潑佐	告別。
維拉迪米爾	告別。
潑佐	告別。

---

34 法文a dieu是英文的to God,亦即再見之意。在此三人皆講法文,因
此採用較典雅的「告別」。

（沉默。沒人移動。）

維拉迪米爾	告別。
潑佐	告別。
艾斯特崗	告別。

（沉默。）

潑佐	還有謝謝你們。
維拉迪米爾	謝謝你。
潑佐	哪裡哪裡。
艾斯特崗	是是。
潑佐	不不。
維拉迪米爾	是是。
艾斯特崗	不不。

（沉默。）

潑佐	我好像難以……（猶豫良久。）……離開。
艾斯特崗	人生就是這樣。

（潑佐轉身，離開幸運朝向舞台側邊。一路放出繩子。）

維拉迪米爾	你走錯方向了。
潑佐	我需要起跑出發。（繩子放到剩下末端，離開舞台，停止，轉身，大叫。）退後！（維拉迪米爾和艾斯特崗退後，面向潑佐。潑佐抽鞭子。）走！走！
艾斯特崗	走！
維拉迪米爾	走！

（幸運開始走動。）

潑佐 　　快一點！（出現，穿過舞台，幸運在前。維拉迪
　　　　米爾和艾斯特崗揮動他們的帽子。幸運下。）
　　　　走！走！（在快消失於舞台時，他停止，轉身。
　　　　繩子拉緊，幸運跌倒的聲音。）凳子！（維拉迪米
　　　　爾撿起凳子，拿給潑佐，潑佐丟給幸運。）告
　　　　別！

維拉迪米爾　（揮帽。）告別！告別！
艾斯特崗

潑佐　　起來！豬！（幸運起來的聲音。）走！（潑佐下。）
　　　　快一點！走！告別！豬！呀！告別！
　　　　（長時間的沉默。）

維拉迪米爾　時間就這樣打發掉了。
艾斯特崗　反正總會打發掉。
維拉迪米爾　對，但沒有這麼快。
　　　　（停頓。）
艾斯特崗　我們現在該做些什麼？
維拉迪米爾　不知道。
艾斯特崗　我們走。
維拉迪米爾　我們不能。
艾斯特崗　為什麼不能？
維拉迪米爾　我們在等待果陀。
艾斯特崗　（絕望地。）噢！
　　　　（停頓。）

維拉迪米爾	他們怎麼改變這麼多！
艾斯特崗	誰？
維拉迪米爾	那兩個。
艾斯特崗	好主意，我們就這樣隨便聊聊吧。
維拉迪米爾	他們沒有嗎？
艾斯特崗	什麼？
維拉迪米爾	改變。
艾斯特崗	很有可能。他們都改變了。只有我們不能。
維拉迪米爾	可能！根本就是。你沒看過他們嗎？
艾斯特崗	可能我看過，可是我不認識他們。
維拉迪米爾	錯了，你認識他們。
艾斯特崗	不，我不認識他們。
維拉迪米爾	我們認識他們，告訴你。你什麼都忘了。 (停頓。對自己。)除非他們不是原來的……
艾斯特崗	既然這樣，為什麼他們不認我們？
維拉迪米爾	這沒什麼意義。我也假裝不認得他們。這樣就沒 有人認得我們了。
艾斯特崗	別說了。我們需要的是——哇！(維拉迪米爾沒 反應。)哇！
維拉迪米爾	(對自己。)除非他們不是原來的……
艾斯特崗	迪迪！這次是另一隻腳！ (蹣跚地走向小土坡。)
維拉迪米爾	除非他們不是原來的……
小男孩	(場外。)先生！

（艾斯特崗停止不動。兩人朝向聲音。）

艾斯特崗　　又來了。

維拉迪米爾　過來，小孩。

　　　　　　（男孩上，羞怯地。停止。）

男孩　　　　是阿伯特先生嗎……？

維拉迪米爾　對。

艾斯特崗　　什麼事？

維拉迪米爾　過來。

　　　　　　（男孩沒動。）

艾斯特崗　　（強硬地。）叫你過來，不會嗎？

　　　　　　（男孩羞怯地向前，停止。）

維拉迪米爾　什麼事？

男孩　　　　果陀先生……

維拉迪米爾　顯然……（停頓。）過來。

艾斯特崗　　（暴怒地。）你過不過來！（男孩羞怯地向前。）為
　　　　　　什麼這麼晚？

維拉迪米爾　你幫果陀先生帶消息來嗎？

男孩　　　　對，先生。

維拉迪米爾　嗯，是什麼？

艾斯特崗　　為什麼這麼晚來？

　　　　　　（男孩輪流看他們，不知道該回答誰。）

維拉迪米爾　（對艾斯特崗。）讓他說。

艾斯特崗　　（暴怒。）你讓我說！（走向男孩。）你知道現在是
　　　　　　什麼時候了嗎？

男孩	(退縮。)先生，那不是我的錯。
艾斯特崗	那麼是誰的錯？我嗎？
男孩	先生，我剛才很害怕。
艾斯特崗	怕什麼？怕我們嗎？(停頓。)回答我！
維拉迪米爾	我知道他怕誰，他怕其他人。
艾斯特崗	你在這裡多久了？
男孩	有一陣子了，先生。
維拉迪米爾	你怕鞭子。
男孩	對，先生。
維拉迪米爾	怕咆哮聲。
男孩	對，先生。
維拉迪米爾	那兩個大人。
男孩	對，先生。
維拉迪米爾	你認識他們嗎？
男孩	不，先生。
維拉迪米爾	你是這一帶的嗎？(沉默。)你是這裡的人嗎？
男孩	是，先生。
艾斯特崗	全是一堆謊話。(搖晃男孩的手臂。)告訴我們實話。
男孩	(哆嗦地。)可是我說的是實話，先生！
維拉迪米爾	你放過他行不行？你怎麼了？(艾斯特崗放了男孩，離開，雙手掩臉。維拉迪米爾和男孩看著他。艾斯特崗放手，他的臉劇烈抽搐。) 你怎麼了？

艾斯特崗	我不開心。
維拉迪米爾	不會吧！從哪時候開始？
艾斯特崗	我忘了。
維拉迪米爾	記憶玩的是最厲害的把戲！
	(艾斯特崗欲言又止，一跛一跛地走回他的地方。坐下，開始脫鞋。維拉迪米爾對男孩。)怎樣？
男孩	果陀先生──
維拉迪米爾	我看過你，是不是？
男孩	我不知道，先生。
維拉迪米爾	你不認識我？
男孩	不，先生。
維拉迪米爾	你不是昨天來的那一位？
男孩	不是，先生。
維拉迪米爾	這是你頭一次來？
男孩	是，先生。
	(沉默。)
維拉迪米爾	說，說。(停頓。)說話。
男孩	(匆忙地。)果陀先生要我告訴你他今晚不來了，但是明天一定會來。
	(沉默。)
維拉迪米爾	就這些嗎？
男孩	是，先生。
	(沉默。)

維拉迪米爾　　你幫果陀先生做事？

男孩　　　　　是，先生。

維拉迪米爾　　你做什麼？

男孩　　　　　我看管山羊[35]，先生。

維拉迪米爾　　他對你好嗎？

男孩　　　　　很好，先生。

維拉迪米爾　　他沒打你嗎？

男孩　　　　　沒有，先生，沒打我。

維拉迪米爾　　他打誰？

男孩　　　　　他打我哥哥，先生。

維拉迪米爾　　哦，你有哥哥。

男孩　　　　　是，先生。

維拉迪米爾　　他做什麼？

男孩　　　　　他看管綿羊，先生。

維拉迪米爾　　為什麼他沒打你？

男孩　　　　　我不知道，先生。

維拉迪米爾　　他一定喜歡你。

男孩　　　　　我不知道，先生。

　　　　　　　（沉默。）

維拉迪米爾　　他讓你吃得飽嗎？（男孩猶豫。）他讓你吃得好

35　這裡暗指舊約〈創世紀·第四章〉裡亞伯和該隱的故事。亞伯和該隱是亞當和夏娃偷吃禁果所生之子，該隱嫉其兄亞伯受上帝恩寵而殺兄。男孩的哥哥被打意即該隱被罰之意，此乃呼應前文迪迪所談的故事，一個小偷被罰一個被救的五五比例。亞伯和該隱的名字於後文將再度出現，意指全人類。

嗎？	
男孩	還不錯，先生。
維拉迪米爾	你不會不快樂吧！（男孩猶豫。）你聽到我說的嗎？
男孩	是，先生。
維拉迪米爾	怎樣？
男孩	我不知道，先生。
維拉迪米爾	你不知道你是不是不快樂？
男孩	是，先生。
維拉迪米爾	你跟我一樣糟糕。（沉默。）你睡哪裡？
男孩	在廄樓[36]，先生。
維拉迪米爾	和你哥哥一起？
男孩	是，先生。
維拉迪米爾	在乾草房？
男孩	是，先生。
	（沉默。）
維拉迪米爾	好了，你可以走了。
男孩	我要怎麼跟果陀先生說，先生？
維拉迪米爾	跟他說……（猶豫。）……跟他說你見了我們。（停頓。）你真的見了我們，對不對？
男孩	是，先生。
	（退後，猶豫，轉身跑開。燈光突然變暗，須臾

36　倉庫的上層樓。

間已是夜晚時分。月亮自後方升起，靜靜地停在
空中，微弱蒼白的光照耀場景。)

維拉迪米爾 終於！(艾斯特崗站起來走向維拉迪米爾，兩手
各拿一隻皮靴。他把皮靴放在舞台邊緣，挺直身
子，凝視月亮。)你在做什麼？

艾斯特崗 疲倦所以蒼白[37]。

維拉迪米爾 哦？

艾斯特崗 疲倦地爬上天空也疲倦地凝視我們這樣的人。

維拉迪米爾 你的鞋子。你放在那裡做什麼？

艾斯特崗 (轉身看皮靴。)我把它們放在那裡。(停頓。)別
人會來，就像……像……像我一樣，但是腳比較
小的人，這樣他穿起來就舒服了。

維拉迪米爾 但是你不能光著腳走路啊！

艾斯特崗 耶穌就這樣走。

維拉迪米爾 耶穌！耶穌和這個有什麼關係？你不是和耶穌比
吧！

艾斯特崗 我一生都和他比。

維拉迪米爾 但是他住的地方溫暖又乾爽。

艾斯特崗 對，他們也很快把他釘上十字架。

(沉默。)

維拉迪米爾 我們在這裡沒有其他事可做了。

艾斯特崗 其他地方也一樣。

---

37 Pale for weariness取自英國浪漫時期詩人雪萊(Percy B. Shelley)的詩
"Art thou pale for weariness."

維拉迪米爾	哦，果果，不要這麼說，明天所有的事都會更好。
艾斯特崗	你怎麼知道？
維拉迪米爾	你沒聽到那小孩說的話嗎？
艾斯特崗	沒有。
維拉迪米爾	他說果陀明天一定會來。 (停頓。)你有什麼意見嗎？
艾斯特崗	所以我們該做的就是在這裡一直等他。
維拉迪米爾	你瘋了嗎？我們必須找個可以過夜的地方。(拉艾斯特崗的手臂。)走啦！(拉艾斯特崗跟著他，艾斯特崗服從，之後又拒絕。他們僵住。)
艾斯特崗	(看樹。)可惜，我們沒有繩子。
維拉迪米爾	走啦，天氣很冷。 (拉艾斯特崗跟著他，如前。)
艾斯特崗	提醒我明天要帶繩子來。
維拉迪米爾	好，走啦！ (拉艾斯特崗跟著他，動作如前。)
艾斯特崗	到目前為止，我們在一起多久了？
維拉迪米爾	不知道。50年了吧！
艾斯特崗	你記得我跳入羅恩河[38]的那一天嗎？
維拉迪米爾	我們在採收葡萄。
艾斯特崗	你把我撈起來。

38　The Rhone是德國境內的一條河。

維拉迪米爾	那些都是過去的事了，早忘光了。
艾斯特崗	我的衣服在陽光下曬乾了。
維拉迪米爾	重提舊事沒什麼好處。走啦。
	(拉艾斯特崗跟著他，如前。)
艾斯特崗	等等。
維拉迪米爾	我很冷。
艾斯特崗	等等！(離開維拉迪米爾。)我想如果我們分手是不是更好呢，各走各的路。(穿過舞台，坐在小土坡上。)我們注定是志不同道不合。
維拉迪米爾	(無生氣貌。)不一定。
艾斯特崗	對，什麼事都不一定。
	(維拉迪米爾慢慢地穿過舞台，坐在艾斯特崗身邊。)
維拉迪米爾	如果你認為分手比較好的話，我們還是可以分手。
艾斯特崗	現在分手不值得了。
	(沉默。)
維拉迪米爾	對，現在不值得了。
	(沉默。)
艾斯特崗	怎樣，我們要走了嗎？
維拉迪米爾	好，我們走。
	(他們不動。)

落幕

第二幕

隔天。同時間。同地點。

艾斯特崗的皮靴放在舞台正前方，鞋跟併攏，鞋尖張開呈八字形。

幸運的帽子在原處。

樹上有四、五片葉子。

維拉迪米爾焦慮不安地進場。他停住，凝視樹一陣子，突然興奮地在舞台上走動。

他停在皮靴前，拿起一隻觀察，嗅一嗅，明顯的惡心動作，小心地放回去。停在舞台右端，以手遮陽，眺望遠方。來回踱步。停在舞台左端，如前的動作。來回踱步。突然停住，開始大聲唱歌。

維拉迪米爾　一隻狗兒跑進——

　　　　　（音調太高，他停住，清喉嚨，又開始唱。）

一隻狗兒跑進廚房

偷一塊麵包皮
廚師舉起長杓
把牠打到死

然後所有的狗跑來
爲牠挖個墳
(停止，沉思，又開始唱。)

然後所有的狗跑來
爲牠挖個墳
寫了墓誌銘
好教後來的狗留神

一隻狗兒跑進廚房
偷一塊麵包皮
廚師舉起一長杓
把牠打到死

所有的狗跑來
爲牠挖個墳
(停止，沉思，又開始唱。)

然後所有的狗跑來
爲牠挖個墳——

（他停止，沉思，輕柔地。）

爲牠挖個墳……

（他沉默了一會兒，靜止不動，然後開始在舞台上匆忙走動。他停在樹前，來回踱步，走到皮靴前，來回踱步，停在舞台右端，遙望遠方，又到左端，遙望遠方。艾斯特崗自右上，赤足，低頭。他慢慢地穿過舞台。維拉迪米爾轉身看到他。）

又是你！（艾斯特崗停住，但沒抬頭。維拉迪米爾走向他。）來這裡讓我抱抱。

艾斯特崗　　不要碰我！

（維拉迪米爾停止前進，面露痛苦表情。）

維拉迪米爾　你要我走開嗎？（停頓。）果果？

（停頓。維拉迪米爾專注地觀察他。）他們有打你嗎？（停頓。）果果！（艾斯特崗仍低頭不語。）你在哪裡過夜？

艾斯特崗　　不要碰我！不要問我！不要理我！不要離開我！

維拉迪米爾　我離開過你嗎？

艾斯特崗　　是你讓我走的。

維拉迪米爾　看著我。（艾斯特崗沒有抬頭，維拉迪米爾態度激烈。）你看著我好嗎！

（艾斯特崗抬頭。他們彼此凝視一會兒，突然互相擁抱，互拍對方的背。擁抱結束，艾斯特崗沒有支撐，差點跌倒。）

艾斯特崗　　什麼怪日子！

維拉迪米爾	誰打了你？告訴我。
艾斯特崗	一天又結束了。
維拉迪米爾	還沒呢！
艾斯特崗	不管發生什麼事，對我來說一天結束了。（沉默。）我聽到你唱歌。
維拉迪米爾	對，我記得。
艾斯特崗	我決定回來。我告訴自己，他會很孤單，他以為我永遠走掉了，結果他卻在唱歌。
維拉迪米爾	人無法掌控自己的情緒。一整天我都覺得棒極了。（停頓。）晚上我沒醒來，一次也沒有。
艾斯特崗	（悲傷地。）你看，我不在時你尿得比較順暢。
維拉迪米爾	我想你……同時我也很快樂。這不是挺奇怪的嗎？
艾斯特崗	（驚訝。）快樂？
維拉迪米爾	可能那句話說得不對。
艾斯特崗	現在呢？
維拉迪米爾	現在？……（高興地。）又看到你了……（冷漠地。）我們又在一起了……（憂鬱地。）我又在這裡了。
艾斯特崗	你看，我跟你在一起時你比較不開心，我一個人時也覺得比較好過。
維拉迪米爾	（惱怒地。）那為什麼你總是爬回來？
艾斯特崗	我不知道。
維拉迪米爾	你不知道，我可知道。因為你不知道怎麼保護自

己。要是我在，就不會讓他們打你。

艾斯特崗	你阻止不了他們的。
維拉迪米爾	爲什麼？
艾斯特崗	他們一夥有十個人。
維拉迪米爾	不，我是說在他們打你以前，我會阻止你做任何事。
艾斯特崗	我什麼事也沒做啊。
維拉迪米爾	那他們爲什麼打你？
艾斯特崗	我不知道。
維拉迪米爾	哦，不，果果，事實上有些事你不懂而我卻很清楚，你必須親自去體會。
艾斯特崗	告訴你，我什麼事也沒做。
維拉迪米爾	可能你沒眞的做，但是如果你要繼續過日子，重要的是你做事的態度，是你的態度。
艾斯特崗	我什麼事也沒做。
維拉迪米爾	如果你知道這個道理，你一定也會快樂，徹徹底底地快樂。
艾斯特崗	快樂什麼？
維拉迪米爾	又回來跟我在一起。
艾斯特崗	你這麼認爲啊！
維拉迪米爾	你就說是嘛，即使不是眞的。
艾斯特崗	我要說什麼？
維拉迪米爾	說，我快樂。
艾斯特崗	我快樂。

維拉迪米爾　　我也是。

艾斯特崗　　　我也是。

維拉迪米爾　　我們都快樂。

艾斯特崗　　　我們都快樂。(沉默。)現在我們既然快樂，我們
　　　　　　　要做什麼呢？

維拉迪米爾　　等待果陀。(艾斯特崗呻吟，沉默。)昨天過後事
　　　　　　　情就不一樣了。

艾斯特崗　　　如果他不來呢？

維拉迪米爾　　(短暫的困惑後。)到時候就知道了。(停頓。)我
　　　　　　　剛才說昨天過後這裡不一樣了。

艾斯特崗　　　每樣東西慢慢地流失。

維拉迪米爾　　看這棵樹。

艾斯特崗　　　連膿也沒有一刻是一樣的。

維拉迪米爾　　這樹，看這棵樹。

　　　　　　　(艾斯特崗看樹。)

艾斯特崗　　　昨天不在這裡吧？

維拉迪米爾　　有，當然在這裡。你不記得了嗎？我們差點在上
　　　　　　　面上吊。但是你不願意。你不記得了嗎？

艾斯特崗　　　你在說夢話。

維拉迪米爾　　難道你已經忘了嗎？

艾斯特崗　　　我就是這樣。不是馬上忘就是永遠也忘不了。

維拉迪米爾　　還有潑佐和幸運，你也忘了他們嗎？

艾斯特崗　　　潑佐和幸運？

維拉迪米爾　　他什麼事都忘光光了。

艾斯特崗	我記得一個瘋子幾乎踢斷我的小腿。然後他裝瘋賣傻。
維拉迪米爾	那是幸運。
艾斯特崗	這個我記得。但是那是什麼時候的事？
維拉迪米爾	還有他的雇主，你不記得他了嗎？
艾斯特崗	他給我一根骨頭。
維拉迪米爾	那是潑佐。
艾斯特崗	你說那都是昨天的事？
維拉迪米爾	對，當然是昨天的事。
艾斯特崗	而且是在我們現在的地方？
維拉迪米爾	你想還有什麼地方？你不認得這地方了？
艾斯特崗	(突然暴怒。)認得？有什麼好認得的？我這混帳的一生都在爛泥堆裡打滾。你卻跟我談起風景來！(怒眼圓睜地看四周。)看看這垃圾堆！我從來沒有離開過。
維拉迪米爾	冷靜點，冷靜點。
艾斯特崗	去你的風景，哼！告訴我這些蟲的事還差不多！
維拉迪米爾	反正你不能說這(手勢。)和⋯⋯(猶豫。)⋯⋯比方說，和馬肯鄉相似。你無法否認他們是很不一樣。
艾斯特崗	馬肯鄉！誰跟你談馬肯鄉？
維拉迪米爾	但是你自己在馬肯鄉待過啊！
艾斯特崗	不，我從來沒去過馬肯鄉。我告訴你，我一輩子骯髒的日子都是在這個鬼地方混的！這裡！這個

凱根鄉！

維拉迪米爾 但是我可以發誓，我們一起在那裡摘葡萄，為一
個叫……(捻手指。)……想不起那個人的名字，
在一個地方叫……(捻手指。)……想不起來那個
地方的名字，你不記得了嗎？

艾斯特崗 (略微冷靜。)可能。我什麼都沒注意到。

維拉迪米爾 但是在那裡什麼都是紅色的。

艾斯特崗 (激怒。)告訴你，我什麼都沒注意到！(沉默。
維拉迪米爾深深歎息。)

維拉迪米爾 你這個人很難相處，果果。

艾斯特崗 我們分手就好了。

維拉迪米爾 你每次都這麼說，每次都爬著回來。

艾斯特崗 最好殺了我，像那個人一樣。

維拉迪米爾 什麼那個人？(停頓。)什麼那個人？

艾斯特崗 像千千萬萬的人。

維拉迪米爾 (咬文嚼字地。)每個人都有小小十字架要背。
(歎息。)直到他死了。(想到另一事。)而且被遺
忘了。

艾斯特崗 既然我們無法保持沉默，我們就試著心平氣和地
說話。

維拉迪米爾 你說得對，我們總是精力充沛。

艾斯特崗 所以我們不思考。

維拉迪米爾 我們有那個藉口。

艾斯特崗 所以我們充耳不聞。

維拉迪米爾　　我們有我們的理由。

艾斯特崗　　　這些死亡的聲音。

維拉迪米爾　　他們發出的噪音彷彿翅膀。

艾斯特崗　　　彷彿葉子。

維拉迪米爾　　彷彿沙子。

艾斯特崗　　　彷彿葉子。

　　　　　　　（沉默。）

維拉迪米爾　　他們同聲齊鳴。

艾斯特崗　　　都在自言自語。

　　　　　　　（沉默。）

維拉迪米爾　　不如說他們在低喃。

艾斯特崗　　　他們嘰咕。

維拉迪米爾　　他們嘟囔。

艾斯特崗　　　他們嘰咕。

　　　　　　　（沉默。）

維拉迪米爾　　他們訴說什麼？

艾斯特崗　　　訴說他們的生命。

維拉迪米爾　　對他們而言，僅僅活過還不夠。

艾斯特崗　　　他們必須訴說生命。

維拉迪米爾　　對他們而言，死亡還不夠。

艾斯特崗　　　還不夠。

　　　　　　　（沉默。）

維拉迪米爾　　他們發出聲響彷彿羽毛。

艾斯特崗　　　彷彿落葉。

維拉迪米爾	彷彿灰燼。
艾斯特崗	彷彿落葉。
	(沉默良久。)
維拉迪米爾	說話啦！
艾斯特崗	我在想。
	(沉默良久。)
維拉迪米爾	(苦惱地。)說什麼都可以啦！
艾斯特崗	我們現在要做什麼？
維拉迪米爾	等待果陀。
艾斯特崗	噢！
	(沉默。)
維拉迪米爾	太可怕了。
艾斯特崗	來唱歌吧！
維拉迪米爾	不要，不要！(想了一下。)也許我們可以從頭開始。
艾斯特崗	那應該是輕而易舉。
維拉迪米爾	最困難的是起頭。
艾斯特崗	從哪裡開始都可以。
維拉迪米爾	對，可是你得做決定。
艾斯特崗	倒是真的。
	(沉默。)
維拉迪米爾	幫幫我！
艾斯特崗	我在想。
	(沉默。)

維拉迪米爾	當你在尋找時就能聽見。
艾斯特崗	對啊！
維拉迪米爾	那讓你無法繼續尋找。
艾斯特崗	對啊！
維拉迪米爾	那讓你無法思考。
艾斯特崗	反正你還是照樣思考。
維拉迪米爾	不，不，不可能。
艾斯特崗	這點子好，我們就互相唱反調好了。
維拉迪米爾	不可能。
艾斯特崗	你這麼認為？
維拉迪米爾	我們不再有思考的危險了。
艾斯特崗	那我們有什麼好抱怨的？
維拉迪米爾	思考不是最壞的事。
艾斯特崗	可能不是。但至少有那個。
維拉迪米爾	什麼那個？
艾斯特崗	好主意，我們就這樣問對方問題。
維拉迪米爾	你說至少有那個是什麼意思？
艾斯特崗	沒那麼慘。
維拉迪米爾	的確。
艾斯特崗	嗯？如果我們感謝我們的慈恩呢？
維拉迪米爾	可怕的是我們有思想。
艾斯特崗	但是真的發生過嗎？
維拉迪米爾	這些所有的屍體是從哪裡來的？
艾斯特崗	這些殘骸。

維拉迪米爾　告訴我啊。

艾斯特崗　　好。

維拉迪米爾　我們一定想過一些。

艾斯特崗　　在最開始的時候。

維拉迪米爾　一個停屍間！一個停屍間！

艾斯特崗　　你不需要看。

維拉迪米爾　你忍不住想看。

艾斯特崗　　對。

維拉迪米爾　只好盡己所能。

艾斯特崗　　你說什麼？

維拉迪米爾　盡己所能。

艾斯特崗　　我們必須義無反顧地回歸大自然。

維拉迪米爾　我們試過了。

艾斯特崗　　的確。

維拉迪米爾　哦，那不是最壞的，我知道。

艾斯特崗　　什麼？

維拉迪米爾　有思想。

艾斯特崗　　當然。

維拉迪米爾　但是我們不用思考也過得很好。

艾斯特崗　　你指望什麼[39]？

維拉迪米爾　你說什麼？

艾斯特崗　　你指望什麼？

39　法文Que voulez-vous.等於英文的What do you want?中文的「你要什麼？」

維拉迪米爾	哦！你指望什麼？沒錯。
	（沉默。）
艾斯特崗	這樣閒聊也不錯。
維拉迪米爾	對，但是現在我們必須換話題。
艾斯特崗	我想想看。
	（脫下帽子，聚精會神。）
維拉迪米爾	我想想看。（脫下帽子，聚精會神。沉默良久。）啊！
	（他們戴上帽子，一副鬆口氣的樣子。）
艾斯特崗	怎樣？
維拉迪米爾	剛才我說什麼，我們可以接下去。
艾斯特崗	你的剛才是指什麼時候？
維拉迪米爾	一開始。
艾斯特崗	什麼的一開始？
維拉迪米爾	今天傍晚……我剛才說……我剛才說……
艾斯特崗	我又不是史學家。
維拉迪米爾	等等……我們擁抱……我們快樂……快樂……現在我們快樂，那我們做什麼……繼續等……等待……我想一想……快出來了……繼續等……現在我們快樂……我想一想……啊！這棵樹！
艾斯特崗	樹？
維拉迪米爾	你不記得了嗎？
艾斯特崗	我累了。
維拉迪米爾	看這棵樹。

（他們看樹。）

艾斯特崗　　　我什麼都沒看見。

維拉迪米爾　　昨晚這棵樹還黑禿禿的，現在卻長了葉子。

艾斯特崗　　　葉子？

維拉迪米爾　　才過了一晚。

艾斯特崗　　　一定是春天來了。

維拉迪米爾　　可是才過了一晚！

艾斯特崗　　　我告訴你昨天我們不在這裡，你又在作噩夢了。

維拉迪米爾　　照你這麼說，昨晚我們又在哪裡？

艾斯特崗　　　我怎麼知道？在另一個小隔間裡。反正不缺空虛
　　　　　　　的地方。

維拉迪米爾　　（確定。）好。就算昨天傍晚我們不在這裡。那麼
　　　　　　　我們那時候做什麼？

艾斯特崗　　　做？

維拉迪米爾　　回想一下。

艾斯特崗　　　做……大概在鬼扯。

維拉迪米爾　　（控制自己的情緒。）扯什麼？

艾斯特崗　　　哦……東扯西扯，我想，沒有什麼特別的。（肯
　　　　　　　定地。）對，我記起來了，昨天傍晚我們廢話連
　　　　　　　篇。我們這樣已經過了半個世紀了。

維拉迪米爾　　任何事實，任何情況，你都不記得了嗎？

艾斯特崗　　　（非常疲倦。）不要折磨我了，迪迪。

維拉迪米爾　　這太陽。這月亮。你不記得了嗎？

艾斯特崗　　　它們一定像往常一樣掛在那裡。

維拉迪米爾	你沒注意到什麼不尋常的事嗎？
艾斯特崗	天啊！
維拉迪米爾	還有潑佐？和幸運？
艾斯特崗	潑佐？
維拉迪米爾	骨頭。
艾斯特崗	好像有魚骨。
維拉迪米爾	是潑佐給你的。
艾斯特崗	我不知道。
維拉迪米爾	還有你被踢。
艾斯特崗	對，有人踢我。
維拉迪米爾	是幸運踢你的。
艾斯特崗	都是昨天發生的嗎？
維拉迪米爾	把腳伸出來。
艾斯特崗	哪一隻腳？
維拉迪米爾	兩腳都看。拉起你的褲管。（艾斯特崗伸出一隻腳給維拉迪米爾，重心不穩。維拉迪米爾接艾斯特崗的腳。他們搖晃。）拉起你的褲管。
艾斯特崗	我沒辦法。
	（維拉迪米爾拉起艾斯特崗的褲管看他的腳，然後放開，艾斯特崗差點跌倒。）
維拉迪米爾	另一腳。（艾斯特崗伸出同一隻腳。）另一腳，豬！（艾斯特崗給另一腳。維拉迪米爾得意的語氣。）就是這傷口！開始化膿了。
艾斯特崗	多糟？

維拉迪米爾	（放開腿。）你的鞋子呢？
艾斯特崗	一定被我丟了。
維拉迪米爾	哪時候？
艾斯特崗	我不知道。
維拉迪米爾	爲什麼？
艾斯特崗	（激怒。）我不知道爲什麼我不知道。
維拉迪米爾	不，我是指你爲什麼把它們丟了。
艾斯特崗	（激怒。）因爲它們弄痛了我。
維拉迪米爾	（得意地指著皮靴。）就在那裡！（艾斯特崗看皮靴。）不偏不倚地在昨天你放的地方。
	（艾斯特崗走近皮靴，仔細檢查。）
艾斯特崗	那不是我的。
維拉迪米爾	（驚訝而茫然。）不是你的？
艾斯特崗	我的是黑色。這雙是棕色的。
維拉迪米爾	你確定你的是黑色的？
艾斯特崗	嗯，是灰色的那種。
維拉迪米爾	你確定這雙是棕色的？我看看。
艾斯特崗	（撿起一隻。）嗯，這是綠色的那種。
維拉迪米爾	我看看。（艾斯特崗交給他靴子。維拉迪米爾仔細檢查，生氣地丟掉皮靴。）眞是的——
艾斯特崗	你看，全都是該死的——
維拉迪米爾	哦！我知道了。對，我知道怎麼一回事了。
艾斯特崗	全都是該死的——
維拉迪米爾	很簡單。有人拿走你的而把他的留下。

艾斯特崗	為什麼？
維拉迪米爾	他的鞋子太緊，所以他拿你的。
艾斯特崗	但是我的也太緊。
維拉迪米爾	對你來說是太緊，但是對他就不會。
艾斯特崗	（無法理解。）我累了！（停頓。）我們走。
維拉迪米爾	我們不能走。
艾斯特崗	為什麼不能？
維拉迪米爾	我們在等待果陀。
艾斯特崗	噢！（停頓，絕望地。）我們該怎麼辦，我們該怎麼辦！
維拉迪米爾	我們什麼也不能做。
艾斯特崗	但是我沒辦法這樣過下去。
維拉迪米爾	你要蘿蔔嗎？
艾斯特崗	就只有這個嗎？
維拉迪米爾	有蘿蔔也有大頭菜。
艾斯特崗	沒有胡蘿蔔嗎？
維拉迪米爾	沒有。說真的，你也吃太多胡蘿蔔了。
艾斯特崗	那麼給我蘿蔔。（維拉迪米爾摸口袋，只摸到大頭菜，最後拿出蘿蔔給艾斯特崗。艾斯特崗仔細觀察，嗅一嗅。）是黑的。
維拉迪米爾	這是蘿蔔沒錯。
艾斯特崗	你明明知道我只喜歡粉紅色的！
維拉迪米爾	所以你不要？
艾斯特崗	我只喜歡粉紅色的！

維拉迪米爾	那麼還給我。
	（艾斯特崗還給他。）
艾斯特崗	我要去拿胡蘿蔔。
	（他沒有移動。）
維拉迪米爾	這快變成沒意義了。
艾斯特崗	還沒完呢！
	（沉默。）
維拉迪米爾	試試看怎樣？
艾斯特崗	我什麼都試過了。
維拉迪米爾	不，我指的是鞋子。
艾斯特崗	那會是好點子嗎？
維拉迪米爾	可以打發時間。（艾斯特崗猶豫。）我保證這會是種消遣。
艾斯特崗	娛樂。
維拉迪米爾	消遣。
艾斯特崗	娛樂。
維拉迪米爾	試看看。
艾斯特崗	你會幫我嗎？
維拉迪米爾	當然。
艾斯特崗	嘿，迪迪，我們兩個進展得還不錯吧！
維拉迪米爾	是，是。來，先試左腳。
艾斯特崗	嘿，迪迪，我們都會找到事情做，這樣就有存在的感覺，是不是？
維拉迪米爾	（不耐煩。）是，是，我們是魔術師。但是趁還沒

　　　忘記以前，我們繼續做已經決定的事。(他拿起
　　　一隻皮靴。)來，把你的腳伸過來。(艾斯特崗抬
　　　腳。)另一隻，豬！(艾斯特崗抬起另一隻腳。)
　　　高一點！(兩個擠在一起搖搖晃晃地。維拉迪米
　　　爾終於幫艾斯特崗穿上皮靴。)
　　　走看看。(艾斯特崗走路。)怎樣？

艾斯特崗　　剛剛好。

維拉迪米爾　(從口袋裡拿出鞋帶。)我們來綁鞋帶。

艾斯特崗　　(激烈地。)不不，不要鞋帶，不要鞋帶！

維拉迪米爾　你會後悔的。我們來試另一隻。(如前。)怎樣？

艾斯特崗　　(勉強地。)也剛剛好。

維拉迪米爾　不會痛嗎？

艾斯特崗　　還好。

維拉迪米爾　那你可以留著。

艾斯特崗　　太大了。

維拉迪米爾　也許哪一天你會穿上襪子。

艾斯特崗　　對。

維拉迪米爾　那你會留著囉！

艾斯特崗　　我們談夠鞋子的事了。

維拉迪米爾　好，但是——

艾斯特崗　　(粗暴地。)夠了！(沉默。)也許我可以坐下。
　　　(他尋找坐的地方，走到小土坡上坐下。)

維拉迪米爾　那是昨天傍晚你坐的地方。

艾斯特崗　　要是我能睡就好。

維拉迪米爾	昨天你就睡著了。
艾斯特崗	我會試試。
	(重新擺出胎兒姿勢，頭垂在膝蓋之間。)
維拉迪米爾	等等。(走過去坐在艾斯特崗旁邊，開始大聲唱歌。)
	拜拜，拜拜
	拜拜——
艾斯特崗	(生氣地抬頭。)不要這麼大聲啦！
維拉迪米爾	(輕柔地。)
	拜拜，拜拜
	拜拜，拜拜
	拜拜，拜拜
	拜拜……
	(艾斯特崗睡著。維拉迪米爾悄悄地站起來，脫下外套，披在艾斯特崗的肩上，然後來回踱步，搖擺手臂以取暖。艾斯特崗驚醒，跳起來，胡亂地奔走。維拉迪米爾奔向他，兩臂圍繞著他。)
	乖……乖……迪迪在這裡……別怕……
艾斯特崗	噢！
維拉迪米爾	乖……乖……都過去了。
艾斯特崗	我正往下降——
維拉迪米爾	都過去了，都過去了。
艾斯特崗	我在頂端的——
維拉迪米爾	我不要聽！來，我們走一走就好了。

（拉起艾斯特崗的手臂，來回踱步，直到艾斯特崗拒絕繼續走。）

艾斯特崗	夠了，我累了。
維拉迪米爾	你寧願被困在那裡無所事事？
艾斯特崗	對。
維拉迪米爾	隨你。

（放掉艾斯特崗，撿起他的外套並穿上。）

艾斯特崗	我們走。
維拉迪米爾	我們不能走。
艾斯特崗	為什麼不能？
維拉迪米爾	我們在等待果陀。
艾斯特崗	噢！（維拉迪米爾來回踱步。）你不能安靜一下嗎？
維拉迪米爾	我很冷。
艾斯特崗	我們來得太早了。
維拉迪米爾	都是傍晚來的。
艾斯特崗	但是夜晚還沒來。
維拉迪米爾	夜晚總是說來就來，像昨天一樣。
艾斯特崗	然後就是夜晚了。
維拉迪米爾	我們就可以走了。
艾斯特崗	然後又是白天了。（停頓，絕望地。）我們怎麼辦，我們怎麼辦！
維拉迪米爾	（停止，兇猛地。）你別再叫了！我已經受夠你滿腹牢騷。

艾斯特崗	我走了。
維拉迪米爾	(看到幸運的帽子。)咦！
艾斯特崗	再見。
維拉迪米爾	幸運的帽子。(走向帽子。)我在這裡待一個小時了，卻沒注意到。 (很高興。)太好了！
艾斯特崗	你再也看不到我了。
維拉迪米爾	我知道我們來對地方了。現在我們的困擾結束了。(撿起帽子，凝視它，把它拉直。)一定是很好的帽子。(戴上幸運的帽子，把自己的遞給艾斯特崗。)拿去。
艾斯特崗	什麼？
維拉迪米爾	拿著。
	(艾斯特崗接維拉迪米爾的帽子。維拉迪米爾在頭上調整幸運的帽子。艾斯特崗把自己的帽子遞給維拉迪米爾，戴上維拉迪米爾的帽子。維拉迪米爾接艾斯特崗的帽子。艾斯特崗在頭上調整維拉迪米爾的帽子。維拉迪米爾取下幸運的帽子遞給艾斯特崗，戴上艾斯特崗的帽子。艾斯特崗接幸運的帽子。維拉迪米爾在頭上調整艾斯特崗的帽子。艾斯特崗拿下維拉迪米爾的帽子給維拉迪米爾，戴上幸運的帽子。維拉迪米爾接帽子。艾斯特崗在頭上調整幸運的帽子。維拉迪米爾拿下艾斯特崗的帽子給艾斯特崗，戴上自己的帽子。

　　　　　　艾斯特崗接帽子。維拉迪米爾在頭上調整自己的
　　　　　　帽子。艾斯特崗拿下幸運的帽子給維拉迪米爾，
　　　　　　戴上自己的帽子。維拉迪米爾接帽子。艾斯特崗
　　　　　　在頭上調整自己的帽子。維拉迪米爾拿下自己的
　　　　　　帽子給艾斯特崗，戴上幸運的帽子。艾斯特崗接
　　　　　　維拉迪米爾的帽子。維拉迪米爾在頭上調整幸運
　　　　　　的帽子。艾斯特崗遞維拉迪米爾的帽子給維拉迪
　　　　　　米爾。維拉迪米爾接帽子又遞給艾斯特崗。艾斯
　　　　　　特崗接帽子，又遞給維拉迪米爾。維拉迪米爾接
　　　　　　帽子，然後把帽子丟在地上。) 我戴起來合適
　　　　　　嗎？

艾斯特崗　　我怎麼知道？

維拉迪米爾　你是不知道，但我戴起來怎樣？

　　　　　　(像模特兒似的忸怩作態，不斷地轉頭。)

艾斯特崗　　很可怕。

維拉迪米爾　對，但是不會比平常醜吧！

艾斯特崗　　不多不少。

維拉迪米爾　那我可以留著。我的那頂挺煩人。(停頓。) 怎麼
　　　　　　說呢？(停頓。) 很癢。(他取下幸運的帽子，仔
　　　　　　細觀察、搖晃帽子。敲敲帽頂，又戴上。)

艾斯特崗　　我走了。

　　　　　　(沉默。)

維拉迪米爾　你不玩了嗎？

艾斯特崗　　玩什麼？

維拉迪米爾	我們可以演潑佐和幸運。
艾斯特崗	沒聽過。
維拉迪米爾	我演**幸運**你演**潑佐**。(學幸運被行李重量壓得身體下沉。艾斯特崗茫然地看他。)來啊。
艾斯特崗	我要做什麼?
維拉迪米爾	咒罵我!
艾斯特崗	(想了一下。)調皮!
維拉迪米爾	罵重一點!
艾斯特崗	淋菌!梅毒菌! (維拉迪米爾前後搖擺,腰彎了下來呈直角。)
維拉迪米爾	叫我思考。
艾斯特崗	什麼?
維拉迪米爾	說,思考,豬!
艾斯特崗	思考,豬! (沉默。)
維拉迪米爾	我想不出來。
艾斯特崗	夠了。
維拉迪米爾	叫我跳舞。
艾斯特崗	我走了。
維拉迪米爾	跳舞,豬!(扭動身體。艾斯特崗急促地從左翼舞台下。)我不會跳。(抬頭看,沒看到艾斯特崗。)果果!(大步地在舞台上走動。艾斯特崗自左上,上氣不接下氣,急忙奔向維拉迪米爾,投入他的懷裡。)終於又看到你了。

艾斯特崗　　我被詛咒了。

維拉迪米爾　你去哪裡！我以爲你永遠不回來了。

艾斯特崗　　他們來了！

維拉迪米爾　誰？

艾斯特崗　　我不知道。

維拉迪米爾　多少人？

艾斯特崗　　我不知道。

維拉迪米爾　(得意地。)是果陀！終於！果果！是果陀！我們得救了！我們去看他！(拉艾斯特崗走向側翼，艾斯特崗抗拒，甩開維拉迪米爾的手，自右下。)果果！回來！(維拉迪米爾跑向舞台左端，觀察地平線。艾斯特崗自右上，急忙地奔向維拉迪米爾，投入他的懷裡。)又看到你了。

艾斯特崗　　我在地獄了！

維拉迪米爾　你去哪裡？

艾斯特崗　　他們也從那裡過來！

維拉迪米爾　我們被包圍了！(艾斯特崗急忙退後。)笨蛋！那裡沒有出口。(拉艾斯特崗的手臂走向舞台前端，手指著前方。)那裡！沒有任何人！你去，快！(推艾斯特崗走向觀眾，艾斯特崗驚嚇地退縮。)你不去？(他凝視觀眾。)嗯，我了解你爲什麼害怕，等等，讓我想想看。(思考狀。)你只有一個辦法就是躲起來。

艾斯特崗　　躲哪裡？

維拉迪米爾	躲到樹後面。(艾斯特崗猶豫。)快!躲到樹後面。(艾斯特崗走去蹲在樹後,發現自己無法躲藏,於是走出來。)當然,這棵樹一點用處也沒有。
艾斯特崗	(稍冷靜。)我昏了頭,對不起。我再也不會這樣了。告訴我怎麼辦。
維拉迪米爾	沒有辦法。
艾斯特崗	你去站在那裡。(拉維拉迪米爾到右端,讓他背對舞台。)就在那裡,不要動,看好。(維拉迪米爾以手遮陽,仔細觀察地平線。艾斯特崗跑到左端,同樣的動作。他們轉頭,互看對方。)背對背像以前的美好時光!(他們繼續注視彼此一會兒,恢復剛才的觀察動作。沉默良久。)你有看到什麼走過來嗎?
維拉迪米爾	(轉頭。)什麼?
艾斯特崗	(提高嗓子。)你有看到什麼走過來嗎?
維拉迪米爾	沒有。
艾斯特崗	我也沒有。
	(他們恢復觀察。沉默。)
維拉迪米爾	你一定看錯了。
艾斯特崗	(轉頭。)什麼?
維拉迪米爾	(提高嗓子。)你一定看錯了。
艾斯特崗	不需要叫這麼大聲。
	(他們恢復觀察。沉默。)

維拉迪米爾	
艾斯特崗	（同時轉頭。）你——
維拉迪米爾	哦，請說！
艾斯特崗	說下去。
維拉迪米爾	不不，你先。
艾斯特崗	不不，你先。
維拉迪米爾	是我打斷你的話。
艾斯特崗	剛好相反。

（他們怒目相視。）

維拉迪米爾	多禮的人猿。
艾斯特崗	拘謹的豬。
維拉迪米爾	我叫你把話說完！
艾斯特崗	把你的說完！

（沉默。他們逐漸靠近，停住。）

維拉迪米爾	智障！
艾斯特崗	好主意，我們來臭罵對方。

（他們轉身，分開，又轉身面對面。）

維拉迪米爾	智障！
艾斯特崗	害蟲！
維拉迪米爾	死胎！
艾斯特崗	蝨子！
維拉迪米爾	陰溝鼠！
艾斯特崗	管家婆 40 ！

維拉迪米爾	白癡！
艾斯特崗	(語氣決斷。)批──批評家[41]！
維拉迪米爾	噢！
	(沮喪地轉身離開，一副被擊敗的樣子。)
艾斯特崗	我們言歸於好啦！
維拉迪米爾	果果！
艾斯特崗	迪迪！
維拉迪米爾	你的手！
艾斯特崗	拿去！
維拉迪米爾	來我的臂彎裡！
艾斯特崗	你的臂彎裡？
維拉迪米爾	我的懷裡！
艾斯特崗	好，開始。
	(他們擁抱。分開。沉默。)
維拉迪米爾	快樂的時光總是飛逝而去。
	(沉默。)
艾斯特崗	我們現在做什麼？
維拉迪米爾	等的時候。
艾斯特崗	等的時候。

40　Curate是牧師助理，有插手許多事之意，在此是罵人的話，又爲了配合上一句「陰溝鼠」三個字，因此譯爲「管家婆」。

41　這幾句罵人的話，都是刻意押韻。迪迪和果果比賽誰能在最短時間內找到既能罵對方，又符合上一句的韻，誰就贏了。迪迪罵出cretin(白癡)，果果馬上接著crritc(批──批評家)不但符合上一句的韻，也找到特殊的罵人話，因此迪迪一副被擊敗的樣子。

（沉默。）

維拉迪米爾　我們可以做運動。

艾斯特崗　　做動作。

維拉迪米爾　舉起來。

艾斯特崗　　放鬆。

維拉迪米爾　伸出去。

艾斯特崗　　放鬆。

維拉迪米爾　幫我們暖身。

艾斯特崗　　幫我們冷靜。

維拉迪米爾　好，開始。

（維拉迪米爾兩腳輪流跳躍，艾斯特崗模仿他。）

艾斯特崗　　（停止。）夠了，我累了。

維拉迪米爾　（停止。）我們的姿勢還不夠正確。來個深呼吸怎
　　　　　　樣？

艾斯特崗　　我厭倦呼吸。

維拉迪米爾　你說得對。（停頓。）我們來學樹的樣子，練習平
　　　　　　衡。

艾斯特崗　　樹？

（維拉迪米爾做金雞獨立狀，搖搖晃晃。）

維拉迪米爾　（停止。）換你。

（艾斯特崗做金雞獨立狀，搖搖晃晃。）

艾斯特崗　　你想上帝在看我嗎？

維拉迪米爾　你得閉上眼睛才行。

（艾斯特崗閉眼睛，搖晃得更劇烈。）

艾斯特崗	（停止，揮舞拳頭，以最大聲量說話。）上帝憐憫我！
維拉迪米爾	（焦慮。）那我呢？
艾斯特崗	憐憫我！憐憫我！發發慈悲！憐憫我！ （潑佐和幸運上。潑佐失明，幸運像以前一樣背負重擔。套在脖子上的繩子也一樣，但是短些，所以潑佐更容易尾隨。幸運戴不同的帽子，幸運看到維拉迪米爾和艾斯特崗時，暫停，潑佐繼續走，撞到他。）
維拉迪米爾	果果！
潑佐	（緊抓幸運，幸運搖搖晃晃。）怎麼了？是誰？ （幸運跌倒，所有東西掉落，潑佐跟著跌倒。他們無助地躺在散落的行李之間。）
艾斯特崗	是果陀嗎？
維拉迪米爾	終於！（他走向地上的一堆東西。）救兵終於來了。
潑佐	救命！
艾斯特崗	是果陀嗎？
維拉迪米爾	本來我們開始沒勁了，現在我們確定可以把傍晚打發掉了。
潑佐	救命！
艾斯特崗	你聽到他在叫嗎？
維拉迪米爾	我們不再孤單了，等待夜晚，等待果陀，等待著……等待。整個傍晚，我們都是孤軍奮鬥，現

在總算結束了。明天已經來了。

潑佐	救命！
維拉迪米爾	時間又開始流動了。太陽快下山，月亮就要升起，我們也會離開……這裡。
潑佐	可憐我！
維拉迪米爾	可憐的潑佐！
艾斯特崗	我知道那是他。
維拉迪米爾	誰？
艾斯特崗	果陀。
維拉迪米爾	但那不是果陀。
艾斯特崗	不是果陀？
維拉迪米爾	不是果陀。
艾斯特崗	那麼是誰？
維拉迪米爾	是潑佐。
潑佐	來！來！扶我起來！
維拉迪米爾	他起不來。
艾斯特崗	我們走。
維拉迪米爾	我們不能走。
艾斯特崗	為什麼不能？
維拉迪米爾	我們在等待果陀。
艾斯特崗	噢！
維拉迪米爾	也許他會給你另一根骨頭。
艾斯特崗	骨頭？
維拉迪米爾	雞骨頭。你不記得了嗎？

艾斯特崗	是他？
維拉迪米爾	對。
艾斯特崗	問他。
維拉迪米爾	也許我們應該先幫他。
艾斯特崗	幫什麼？
維拉迪米爾	幫他站起來。
艾斯特崗	他起不來？
維拉迪米爾	他要起來。
艾斯特崗	那就讓他起來。
維拉迪米爾	他沒辦法。
艾斯特崗	為什麼沒辦法？
維拉迪米爾	我不知道。

（潑佐扭動身體，呻吟，以拳捶地。）

艾斯特崗	我們應該先向他要骨頭。要是他不肯，我們就別理他。
維拉迪米爾	你是說我們可以擺弄他？
艾斯特崗	對。
維拉迪米爾	我們應該根據情況才給予幫忙。
艾斯特崗	什麼？
維拉迪米爾	這主意似乎不錯。但是我擔心一件事。
潑佐	救命！
艾斯特崗	什麼？
維拉迪米爾	如果幸運突然發作，我們就完了。
艾斯特崗	幸運？

維拉迪米爾	他就是昨天找你麻煩的那個人。
艾斯特崗	我告訴你他們有十個人。
維拉迪米爾	不，在那之前踢你的是這個人。
艾斯特崗	是他嗎？
維拉迪米爾	活生生的。(指向幸運。)現在他是死氣沉沉，但是可能隨時會發作。
潑佐	救命！
艾斯特崗	我們倆個好好地揍他一頓，怎樣？
維拉迪米爾	你是說我們趁他睡覺時攻擊他？
艾斯特崗	對。
維拉迪米爾	這個主意似乎不錯。可是行得通嗎？他真的睡著了嗎？(停頓。) 不，最好是向求救的潑佐占點便宜——
潑佐	救命！
維拉迪米爾	去幫他——
潑佐	我們幫他？
維拉迪米爾	一定有回報。
艾斯特崗	萬一他——
維拉迪米爾	我們不要瞎掰浪費時間了。(停頓。激烈地。)有機會時，我們就做點事，不是每天都有人需要我們。別人需要的並不只是我們，別人也會有同樣的機會，即使機會不比我們多。那些回響在耳邊的求救聲，是向全人類發出的。但不管我們喜不喜歡，在此時此地，所有的人類就是指我們。趁

還來得及，讓我們盡力而爲吧！讓我們好好地來代表這世界的醜陋族類吧，因爲殘酷的命運讓我們和他們爲伍。你認爲如何？（艾斯特崗沒說話。）眞的，當我們抱胸衡量利害得失時，我們也不枉爲人。老虎不是毫不思索地跳去救向牠求救的同類，就是悄然地躲入濃密的灌木叢裡。不過，問題不在於此。我們在這裡所做的事才是問題所在。我們受福報，恰巧知道答案。對，在極度的混亂中，有一件事是再清楚不過了。我們在等果陀的來臨——

艾斯特崗　噢！

潑佐　　　救命！

維拉迪米爾　或夜晚的來臨。（停頓。）我們一直守約，也就盡了力。我們不是聖人，但是至少一直守著約。有多少人敢這樣誇口呢？

艾斯特崗　千千萬萬。

維拉迪米爾　你這麼認爲啊！

艾斯特崗　我不知道。

維拉迪米爾　也許你說對了。

潑佐　　　救命！

維拉迪米爾　我只知道在這種情況下，時間過得很漫長，而這麼長的時間迫使我們非得做些事情來欺哄人——該怎麼說——這些事初看似乎合理，後來就變成習慣了。你可能會說這樣可以防止我們的理性崩

潰。當然，但是理性迷失在無盡黑夜不見底的深淵還不夠久嗎？有時我就不清楚這一點，你懂我的思考邏輯嗎？

艾斯特崗　(唯一一次警語。)我們生來就瘋了，有些人還繼續瘋。

潑佐　救命啊！我會付錢。

艾斯特崗　多少？

潑佐　100法郎！

艾斯特崗　不夠。

維拉迪米爾　我不會那麼過分。

潑佐　你認為夠了？

維拉迪米爾　不，我是不會斷然認為我一出生就腦筋笨笨，不過問題不在這裡。

潑佐　200。

維拉迪米爾　我們等待。我們厭煩。(一隻手往上拋的手勢。)不，不要抗議，我們煩死了，沒什麼好否認的。好，機會來了，而我們做了什麼呢？我們只是白白浪費罷了。來，我們來做點事！(大步地走向潑佐們，停止。)一瞬間所有的都會消失，我們在一片虛無中又會孤獨無依。

(他沉思。)

潑佐　200。

維拉迪米爾　我們來了！

(試著把潑佐拉起來，失敗，又試一次，絆一

　　　　　　　跤，跌倒。試著起來，失敗。）

艾斯特崗　　你們是怎麼了？

維拉迪米爾　救命！

艾斯特崗　　我走了。

維拉迪米爾　不要離開我，他們會要我的命。

潑佐　　　　我在哪裡？

維拉迪米爾　果果！

潑佐　　　　救命！

維拉迪米爾　救命！

艾斯特崗　　我走了。

維拉迪米爾　先扶我起來，我們再一起走。

艾斯特崗　　你保證？

維拉迪米爾　我發誓。

艾斯特崗　　我們就再也不回來囉？

維拉迪米爾　再也不回來了。

艾斯特崗　　我們會去庇里牛斯山 [42]。

維拉迪米爾　去哪裡都可以。

艾斯特崗　　我一直想去庇里牛斯山玩玩。

維拉迪米爾　你會去那裡玩的。

艾斯特崗　　(退後。)誰放屁？

維拉迪米爾　潑佐。

潑佐　　　　來！來！救命！

42　位於法國和西班牙之間。

艾斯特崗	眞惡心！
維拉迪米爾	快點！把手給我。
艾斯特崗	我走了。(停頓。大聲點。)我走了。
維拉迪米爾	好吧，也許最後我還是會自己起來。(他試，失敗了。)只要時機成熟。
艾斯特崗	你究竟怎麼了？
維拉迪米爾	去死啦。
艾斯特崗	你要留在那裡？
維拉迪米爾	暫時吧！
艾斯特崗	來啦，起來，你會著涼。
維拉迪米爾	不用你管。
艾斯特崗	來啦，迪迪，別死腦筋了。
	(他伸出手，維拉迪米爾急忙緊抓著。)
維拉迪米爾	拉！
	(艾斯特崗用力拉，絆腳，跌倒。沉默良久。)
潑佐	救命！
維拉迪米爾	我們來了。
潑佐	你們是誰？
維拉迪米爾	我們是人類。
	(沉默。)
艾斯特崗	甜美的大地之母！
維拉迪米爾	你起得來嗎？
艾斯特崗	我不知道。
維拉迪米爾	試看看。

艾斯特崗	現在不要,現在不要。
	(沉默。)
潑佐	發生什麼事?
維拉迪米爾	(兇暴地。)你住口行不行?討厭鬼!他只想到自己!
艾斯特崗	來小睡一會兒,怎樣?
維拉迪米爾	你有聽到他說的嗎?他想知道發生什麼事!
艾斯特崗	別理他,睡覺就是了。
	(沉默。)
潑佐	可憐!可憐我!
艾斯特崗	(嚇一跳。)什麼事?
維拉迪米爾	你有睡著嗎?
艾斯特崗	應該有。
維拉迪米爾	又是這個混帳潑佐在吵你。
艾斯特崗	叫他住口。踢他的褲襠。
維拉迪米爾	(攻擊潑佐。)你住口行不行?寄生蟲!(潑佐痛苦地大叫,爬著離開。他停止,雙手向天空亂揮大聲求救。維拉迪米爾以手肘撐著,看他後退。)他離開了。(潑佐倒下。)他倒下了!
艾斯特崗	我們現在怎麼辦?
維拉迪米爾	也許我可以爬到他那裡。
艾斯特崗	不要離開我!
維拉迪米爾	不然我可以叫他。
艾斯特崗	好,叫他。

維拉迪米爾	潑佐!(沉默。)潑佐!(沉默。)沒回應。
艾斯特崗	一起叫。
艾斯特崗 維拉迪米爾	潑佐!潑佐!
維拉迪米爾	他動了。
艾斯特崗	你確定他的名字是潑佐?
維拉迪米爾	(擔心地。)潑佐先生!快回來!我們不會傷害你!
	(沉默。)
艾斯特崗	我們也許可以試其他名字。
維拉迪米爾	我怕他快死了。
艾斯特崗	那會挺有趣的。
維拉迪米爾	什麼挺有趣的?
艾斯特崗	試其他名字,一個接一個。這樣容易打發時間,而且我們遲早會猜中。
維拉迪米爾	告訴你他的名字是潑佐。
艾斯特崗	我們馬上就知道了。(他想一下。)亞伯!亞伯!
潑佐	救命!
艾斯特崗	一次就中!
維拉迪米爾	我開始厭煩這個話題。
艾斯特崗	也許另一個叫該隱。該隱!該隱!
潑佐	救命!
艾斯特崗	他是全人類。(沉默。)看那一小片雲。
維拉迪米爾	(仰視。)在哪裡?

艾斯特崗	那裡。在天邊。
維拉迪米爾	那又怎樣？(停頓。)那片雲有什麼好看的？
	(沉默。)
艾斯特崗	我們現在做別的事，好不好？
維拉迪米爾	我正要提議。
艾斯特崗	但是做什麼？
維拉迪米爾	噢！
	(沉默。)
艾斯特崗	也許我們應該站起來再開始。
維拉迪米爾	不妨試試看。
	(他們站起來。)
艾斯特崗	只是兒戲。
維拉迪米爾	很簡單的意志問題。
艾斯特崗	現在呢？
潑佐	救命！
艾斯特崗	我們走。
維拉迪米爾	我們不能。
艾斯特崗	為什麼不能？
維拉迪米爾	我們在等待果陀。
艾斯特崗	噢！(絕望。)我們怎麼辦，我們怎麼辦！
潑佐	救命！
維拉迪米爾	來幫他怎樣？
艾斯特崗	他要什麼？
維拉迪米爾	他要起來。

艾斯特崗	那他爲什麼不起來？
維拉迪米爾	他要我們幫他起來。
艾斯特崗	那爲什麼我們不幫他？我們等什麼？
	（他們扶潑佐站起來，放了他，他倒下。）
維拉迪米爾	我們得扶著他。（他們又扶他起來。潑佐委靡地夾在他們中間，兩手勾著他們的頸。）好點了嗎？
潑佐	你們是誰？
維拉迪米爾	你不認得我們了？
潑佐	我瞎了。
	（沉默。）
艾斯特崗	也許他能預測未來。
維拉迪米爾	哪時候開始的？
潑佐	我以前視力很好——不過你們是朋友嗎？
艾斯特崗	（大聲地笑。）他想知道我們是不是朋友？
維拉迪米爾	不是，他是指我們是不是他的朋友？
艾斯特崗	哦？
維拉迪米爾	我們幫他，就證明我們是他的朋友。
艾斯特崗	沒錯。如果不是他的朋友，我們會幫他嗎？
維拉迪米爾	可能會。
艾斯特崗	對。
維拉迪米爾	我們別再繞這個話題轉了。
潑佐	你們不是強盜吧！
艾斯特崗	強盜？我們看起來像強盜嗎？

維拉迪米爾　　媽的，你沒看這人瞎了嗎？

艾斯特崗　　　媽的，他是瞎子。(沉默。)他自己這麼說的。

潑佐　　　　　不要離開我。

維拉迪米爾　　不會的。

艾斯特崗　　　現在不會。

潑佐　　　　　現在幾點了？

維拉迪米爾　　(觀察天空。)七點……八點……

艾斯特崗　　　這得看是一年裡的什麼時間。

潑佐　　　　　傍晚了嗎？

　　　　　　　(沉默。維拉迪米爾和艾斯特崗仔細觀察落日。)

艾斯特崗　　　它正在上升。

維拉迪米爾　　不可能。

艾斯特崗　　　也許現在是黎明。

維拉迪米爾　　別裝傻了，那裡是西方。

艾斯特崗　　　你怎麼知道？

潑佐　　　　　(焦慮地。)傍晚了嗎？

維拉迪米爾　　反正它沒在動。

艾斯特崗　　　告訴你它在上升。

潑佐　　　　　為什麼你們不回答我？

艾斯特崗　　　給我們機會。

維拉迪米爾　　(再次保證。)是傍晚，先生，是傍晚。夜晚快來
　　　　　　　臨了。我朋友使我懷疑，我承認我動搖了一下。
　　　　　　　不過這漫長的一天我並不是白過的，而且我保證

節目 [43] 已到了尾聲了。(停頓。)你現在覺得怎樣？

艾斯特崗　我們還要撐他撐多久？(他們稍稍放了他，當他快倒時，他們又抓住他。)我們又不是他的柱子 [44]。

維拉迪米爾　如果我沒聽錯，你剛說你的視力曾經很好。

潑佐　好極了！好極了，視力好極了！

(沉默。)

艾斯特崗　(生氣貌。)說清楚，說清楚。

維拉迪米爾　別鬧他了。你沒看到他正想起他的快樂時光嗎？(停頓。)過往的記憶總是如此鮮明 [45]，那一定很讓人難過。

艾斯特崗　我們不知道。

維拉迪米爾　你突然瞎的嗎？

潑佐　好得不得了！

維拉迪米爾　我在問你是不是突然瞎的。

潑佐　一個美好的日子裡，我一醒來就像命運一樣的失明了。(停頓。)有時候我懷疑我是不是還在睡覺。

維拉迪米爾　哪時候的事？

潑佐　我不知道。

43　repertory是定幕劇，在口語上不易聽懂，因此改爲「節目」。

44　Caryatids是古典建築裡的支撐物，雕有女神圖像，即俗稱的「女像柱」。採「柱子」之譯，乃是爲了口語上的方便。

45　Memoria praeteritorum bonorum是拉丁諺語。

維拉迪米爾	但不會早於昨天——
潑佐	(兇暴地。)不要問我!瞎子沒有時間觀念,他們也看不到時間裡的東西。
維拉迪米爾	嗯,竟有這種怪事!我可以發誓剛好相反。
艾斯特崗	我要走了。
潑佐	這裡是哪裡?
維拉迪米爾	我無法說。
潑佐	不會恰巧是波爾得吧?
維拉迪米爾	從沒聽過。
潑佐	這裡是什麼樣子?
維拉迪米爾	(環顧四周。)難以形容,什麼都不像,什麼也沒有,只有一棵樹。
潑佐	那不是波爾得。
艾斯特崗	(身體下垂。)這也算是娛樂!
潑佐	我的奴才在哪裡?
維拉迪米爾	他就在這附近。
潑佐	為什麼我叫他他不回答?
維拉迪米爾	我不知道。他好像睡著了,也可能死了。
潑佐	究竟發生什麼事?
艾斯特崗	究竟[46]!
維拉迪米爾	你們兩個跌一跤。(停頓。)倒下去了。
潑佐	去看他是不是受傷了。

---

46 Exactly用於回答時是指完全正確,這裡英文雙關語難以表達,因此重複前一句的「究竟」。

維拉迪米爾	我們不能離開你。
潑佐	你們不必兩個都去。
維拉迪米爾	（對艾斯特崗。）你去。
艾斯特崗	他以前那樣對我，休想！
潑佐	好，好，讓你的朋友去，他好臭。（沉默。）他等什麼？
維拉迪米爾	你在等什麼？
艾斯特崗	我在等果陀。

（沉默。）

維拉迪米爾	究竟他要怎麼做？
潑佐	嗯，一開始他應該先拉繩子，拉得愈緊愈好，只要不勒死他就行。他通常會有回應。如果沒有，就盡可能地讓他的臉和私處嘗嘗皮鞋的滋味。
維拉迪米爾	（對艾斯特崗。）你看，沒什麼好怕的，甚至這是個報仇的大好機會。
艾斯特崗	要是他還手呢？
潑佐	不不，他從不還手。
維拉迪米爾	我會衝過去救你。
艾斯特崗	你要緊緊地看著我。

（他走向幸運。）

維拉迪米爾	下手前，你先確定他還活著。如果他死了，就沒必要白費力氣了。
艾斯特崗	（俯看幸運。）他還在呼吸。
維拉迪米爾	那就讓他嘗嘗。

（艾斯特崗突然很生氣地踢幸運，邊踢邊罵。但他傷到腳，邊呻吟邊蹣跚地離開。幸運開始動。）

艾斯特崗 噢！這畜生。

（坐在土坡上，試著脫掉皮靴。但是他很快地停下，開始有睡意，他的頭枕在手臂上睡著了。）

潑佐 出了什麼狀況嗎？

維拉迪米爾 我朋友傷到自己了。

潑佐 那幸運呢？

維拉迪米爾 所以那是他？

潑佐 什麼？

維拉迪米爾 他是幸運？

潑佐 我不懂你的意思。

維拉迪米爾 那你是潑佐？

潑佐 我當然是潑佐。

維拉迪米爾 跟昨天一樣？

潑佐 昨天？

維拉迪米爾 昨天我們見過面。（沉默。）你不記得了嗎？

潑佐 我不記得昨天見過任何人，但是明天我也不記得今天見過任何人，所以別指望我會開導你。

維拉迪米爾 可是——

潑佐 夠了。起來，豬！

維拉迪米爾 你還打算帶他去市集賣掉。你跟我們說話，他跳舞，他思考，你看得見。

潑佐	隨你怎麼說，我要走了！(維拉迪米爾走開。)起來！
	(幸運站起來，收拾行李。)
維拉迪米爾	你們要去哪裡？
潑佐	走。(幸運背重物，身體吃力地提起行李走在潑佐前。)鞭子！
	(幸運放下所有東西，尋找鞭子，找到了，放在潑佐的手上，又背起所有東西。)繩子！
	(幸運放下所有的東西，將繩子的尾端放在潑佐的手上，又背起所有東西。)
維拉迪米爾	袋子裡是什麼？
潑佐	沙子。(他猛抽繩子。)走！
維拉迪米爾	先別走啦！
潑佐	我走了。
維拉迪米爾	要是你們跌倒了怎麼辦？又沒有人幫你們。
潑佐	我們等到可以爬起來，然後上路。走！
維拉迪米爾	走以前，你叫他唱首歌！
潑佐	誰？
維拉迪米爾	幸運。
潑佐	唱歌？
維拉迪米爾	對，或思考，或背誦。
潑佐	可是他啞了。
維拉迪米爾	啞了！
潑佐	啞了。他甚至不會哼了。

維拉迪米爾	啞了！從哪時候開始的？
潑佐	*（突然大怒。）*你那混帳的時間還沒把我折磨夠嗎！可惡！哪時候！
	哪時候！一天，對你來說還不夠嗎？一天像其他的日子，一天他啞了，一天我瞎了，一天我們都聾了，一天我們出生了，一天我們就要死了，就在同一天，同一秒，那對你來說還不夠嗎？*（稍冷靜。）*他們腳跨著墳墓生產，亮光才閃了一下，跟著又是黑夜。*（他抽鞭子。）*走！
	（潑佐和幸運下。維拉迪米爾跟隨他們到舞台邊，目送他們離開。跌倒的聲音。透過維拉迪米爾的模仿，表示他們又跌倒了。沉默。維拉迪米爾走向艾斯特崗，仔細地看他一會兒，然後搖醒他。）
艾斯特崗	*（狂亂的手勢，語無論次。最後清醒。）*爲什麼你從來不讓我睡呢？
維拉迪米爾	我很寂寞。
艾斯特崗	我正夢到我很快樂。
維拉迪米爾	這樣可以打發時間。
艾斯特崗	我夢到——
維拉迪米爾	*（兇猛地。）*不要說！*（沉默。）*我懷疑他是不是眞的瞎了。
艾斯特崗	瞎了？誰？
維拉迪米爾	潑佐。

艾斯特崗	瞎了？
維拉迪米爾	他告訴我們他瞎了。
艾斯特崗	那又怎樣？
維拉迪米爾	我覺得他好像看得到我們。
艾斯特崗	你又在作夢。(停頓。)我們走。我們不能。噢！(停頓。)你確定那不是他嗎？
維拉迪米爾	誰？
艾斯特崗	果陀。
維拉迪米爾	可是誰？
艾斯特崗	潑佐。
維拉迪米爾	絕不可能！(較不確定。)絕不可能！(更不確定。)絕不可能！
艾斯特崗	我想我還是起來好了。(他痛苦地站起來。)哇！迪迪！
維拉迪米爾	我不知道能思考什麼了。
艾斯特崗	我的腳！(坐下，想把皮靴脫掉。)幫幫我！
維拉迪米爾	別人受苦的時候，我在睡覺嗎？現在我在睡覺嗎？明天，當我醒來時，或自以為醒來時，我如何談起今天呢？說和我的朋友艾斯特崗在這地方等待果陀直到夜晚來臨？還是說潑佐和他的跟班經過，他跟我們說話？可能。不過所有這些事，哪一件事是真的呢？(艾斯特崗想把皮靴脫掉，卻失敗，又開始打盹。維拉迪米爾注視著他。)他什麼事都不會知道，他會告訴我他挨打的事，

而我會給他胡蘿蔔吃。(停頓。)腳跨墳墓難產。在洞底，挖墳人插進鉗子徘徊不去。我們有的是時間變老，空氣中瀰漫我們的哭喊聲。(傾聽。)但是習慣是一帖最棒的鎮靜劑。(又看著艾斯特崗。)有人在看我，有人也在說我。他在睡覺，什麼都不知道，讓他繼續睡吧！(停頓。)我無法繼續了！(停頓。)我說了什麼？(焦躁不安地來回踱步，最後停在舞台左端思索。男孩進場。停下來。沉默。)

男孩	先生……(維拉迪米爾轉身。)亞伯特先生……
維拉迪米爾	又來了。(停頓。)你不認得我了嗎？
男孩	不認得，先生。
維拉迪米爾	你不是昨天來的那位嗎？
男孩	不是，先生。
維拉迪米爾	你第一次來。
男孩	是，先生。
	(沉默。)
維拉迪米爾	你幫果陀先生帶消息來。
男孩	是，先生。
維拉迪米爾	他今晚不來了。
男孩	是，先生。
維拉迪米爾	但是他明天會來。
男孩	是，先生。
維拉迪米爾	絕不爽約。

男孩	是，先生。
	（沉默。）
維拉迪米爾	你有遇見什麼人嗎？
男孩	沒有，先生。
維拉迪米爾	兩個其他的……（他猶豫。）……人？
男孩	我沒見到任何人，先生。
	（沉默。）
維拉迪米爾	果陀先生，都在做什麼？（沉默。）你聽見沒？
男孩	是，先生。
維拉迪米爾	怎樣？
男孩	他沒做什麼，先生。
	（沉默。）
維拉迪米爾	你哥哥好嗎？
男孩	他生病了，先生。
維拉迪米爾	也許昨天來的是他。
男孩	我不知道，先生。
	（沉默。）
維拉迪米爾	（柔和地。）果陀先生留鬍子嗎？
男孩	是，先生。
維拉迪米爾	是白色[47]的或……（他猶豫。）……或黑色的？
男孩	我想是白色的，先生。
	（沉默。）

47　Fair若形容毛髮乃指金色，但顧及一般說法，仍譯爲白色鬍子，可呼
　　應幸運獨白裡的上帝形象。

維拉迪米爾 耶穌憐憫我們！

（沉默。）

男孩 我要跟果陀先生說什麼呢，先生？

維拉迪米爾 跟他說……（他猶豫。）……跟他說你見到我，而且……（他猶豫。）……而且你見到我。（停頓。維拉迪米爾向前，男孩後退。維拉迪米爾停住，男孩也停住。維拉迪米爾突然爆怒地。）你要確定你見到我，你不要明天來了，又說你從來沒見過我！

（沉默。維拉迪米爾突然跳上前，男孩躲過他，然後奔跑而下。沉默。夕陽西沉，月亮升起，如同第一幕。維拉迪米爾低頭，靜止不動。艾斯特崗醒來，脫掉皮靴，起身，雙手各拿一隻皮靴，放在舞台正前方的中央，然後走向維拉迪米爾。）

艾斯特崗 你怎麼了？

維拉迪米爾 沒事。

艾斯特崗 我走了。

維拉迪米爾 我也是。

艾斯特崗 我睡了很久嗎？

維拉迪米爾 不知道。

（沉默。）

艾斯特崗 我們要去哪裡？

維拉迪米爾 不遠的地方。

艾斯特崗	哦，對，我們離開這裡遠遠地。
維拉迪米爾	我們不能。
艾斯特崗	為什麼不能？
維拉迪米爾	明天我們得回來。
艾斯特崗	為什麼？
維拉迪米爾	來等果陀。
艾斯特崗	噢！(沉默。)他沒來？
維拉迪米爾	沒有。
艾斯特崗	現在也太晚了。
維拉迪米爾	對，現在是夜晚了。
艾斯特崗	如果我們不管他？(停頓。)如果我們不管他呢？
維拉迪米爾	他會處罰我們。(沉默。他看樹。)除了這棵樹，全部都死光光了。
艾斯特崗	(看樹。)那是什麼？
維拉迪米爾	是棵樹。
艾斯特崗	我知道，但是什麼樹？
維拉迪米爾	我不知道。柳樹吧！
	(艾斯特崗、維拉迪米爾走向樹，他們站在樹前靜止不動。沉默。)
艾斯特崗	我們為什麼不上吊呢？
維拉迪米爾	用什麼上吊？
艾斯特崗	你沒有繩子嗎？
維拉迪米爾	沒有。
艾斯特崗	那就不行了。

（沉默。）

維拉迪米爾	我們走。
艾斯特崗	等一下，我有褲帶。
維拉迪米爾	太短了。
艾斯特崗	你可以撐住我的腿。
維拉迪米爾	那誰來撐我的呢？
艾斯特崗	對哦！
維拉迪米爾	反正可以試試看。（艾斯特崗鬆掉褲子的腰帶，褲子太大，掉到他的腳踝。他們看著腰帶。）必要時這條繩子可能用得著。可是它牢固嗎？
艾斯特崗	我們很快就會知道了，來。
	（他們各拉著腰帶的尾端，繩子斷掉，他們差點摔倒。）
維拉迪米爾	不值一罵。
	（沉默。）
艾斯特崗	你說我們明天還要回來？
維拉迪米爾	對。
艾斯特崗	那我們可以帶好一點的繩子來。
維拉迪米爾	對。
	（沉默。）
艾斯特崗	迪迪。
維拉迪米爾	嗯。
艾斯特崗	我無法再這樣下去。
維拉迪米爾	那只是你自己這麼認為。

艾斯特崗	如果我們分手呢？可能對我們兩人都好一些。
維拉迪米爾	我們明天會上吊。(停頓。)除非果陀來了。
艾斯特崗	如果他來了呢？
維拉迪米爾	我們就得救了。
	(維拉迪米爾脫掉帽子(幸運的)，仔細觀察，摸裡面，抖一抖帽子，敲敲帽頂，又戴上。)
艾斯特崗	怎麼？我們要走了嗎？
維拉迪米爾	拉起你的褲子。
艾斯特崗	什麼？
維拉迪米爾	拉起你的褲子。
艾斯特崗	你要我脫下褲子？
維拉迪米爾	拉起你的褲子。
艾斯特崗	(發現他的褲子掉了。)對哦！
	(他拉上褲子。)
維拉迪米爾	怎麼？我們要走了嗎？
艾斯特崗	好，我們走。
	(他們沒移動。)

劇終

終　局

獨幕劇

獻給Roger Blin [1]

---

1 《等待果陀》首演的導演。

1957年以法文首演於英國倫敦皇家劇院 [2]，英文譯本由貝克特親自翻譯，1958年由英國Faber & Faber出版公司印行。

2 《終局》不被法國劇院接受，因此移師至英國，導演仍是Roger Blin。

劇中人物

哈　姆
克羅夫
內　格
內　歐

空蕩的室內。

昏暗燈光。

左右後上方各有一扇窗簾緊閉的小窗。

右前方有一扇門。近門處懸一幅畫，面朝牆壁。

左前方有兩個並置的垃圾桶，覆蓋一張舊被單。

舞台中央是哈姆，坐在有輪子的扶椅上，包覆在舊被單裡面。

一張深紅色臉的克羅夫，木然立於門邊，兩眼直盯著哈姆。

此畫面持續片刻。

克羅夫僵硬又步履蹣跚地走到左窗下站著。往上看左窗口，轉身看右窗口。他走到右窗下站著，往上看右窗，轉身看左窗口。他離開，馬上扛著小梯子回來，將梯子安置在左窗下，爬上去，拉開窗簾。他下來，朝右窗口（大約）走六步，又折回來拿梯子。扛到右窗下，將梯子安置在右窗下爬上去拉開窗簾，然後下來，朝左窗走三步，折回拿梯子，扛著梯子放在左窗下，上去，看窗外，笑一聲。他下來，朝右窗走一步，折回來拿梯子，扛梯子放到右窗下，上去，看窗外，笑一聲。他下來，扛著梯子走向垃圾桶，暫停，轉身，扛梯子放在右窗下。走到垃圾桶，掀開桶蓋上的被單，摺好擱在手臂上。掀開其中一個蓋子，俯身看裡面，笑一聲，蓋上蓋子，以相同動作掀開並蓋上另一垃圾桶。走向哈姆，拿掉哈姆身上的被單，摺好放在手臂上。哈姆穿一件長浴袍，戴一頂硬挺的小圓帽，臉上覆著一大塊沾血跡的手帕。脖子掛一只口哨，膝上蓋一塊厚毯，腳穿厚襪。哈姆像是睡著了。克羅夫低頭打量他，笑一聲，他走向門口，停住，轉向觀眾。

克羅夫　(目不轉睛，語音單調。)結束了，已經結束了，快結束了，一定快結束了。(停頓。)穀物疊著穀物，一粒接著一粒，一天，突然間，聚成了一堆，一小堆，難以置信的一堆。(停頓。)我再也不能受懲罰了。(停頓。)我現在就到我的廚房，等他吹口哨叫我。十呎寬十呎長十呎高，(停頓。)很好的尺度，很好的比例。我要靠在桌上，看著牆壁，然後等他吹口哨叫我。(他靜止不動，然後離開。但馬上回來，走到右窗，扛了梯子離開。停頓。哈姆動了一下。他打了哈欠，拿開臉上的手帕。一張深紅色的臉。戴墨鏡。)

哈姆　輪到我—(打哈欠。)—表演³。(把手帕攤開在面前。)舊的止血布(拿下眼鏡，擦擦眼睛、臉和眼鏡，戴上眼鏡，摺好手帕，小心翼翼地放入浴袍的胸前口袋。他清清喉嚨，十指相扣。)有人比我還—(打哈欠。)—更悲慘的嗎？當然，以前有，但是現在呢？(停頓。)我的父親？(停頓。)我的母親？(停頓。)我的……小狗？(停頓。)噢！我倒相信他們所受的苦已經是生物的極限了，但那就表示他們受的苦跟我一樣嗎？當然。(停頓。)不，所有生物絕—(打哈欠。)—對是，(驕傲地。)愈偉大的人就愈充實，(停頓。沮喪地。)也愈空虛。(嗅一嗅。)克羅夫！(停頓。)不，孤單地。(停頓。)什麼夢啊！那片森林啊！(停

3　Me to play是指這一步棋輪我下的意思，譯爲「輪到我表演」乃顧及哈姆的獨白和動作，實則有表演之意。

頓。)夠了，是結束的時候了，在這避難所也一樣。
(停頓。)然而我猶豫不決，我猶豫要……不要結束。
對，猶豫不決，是結束的時候而我猶豫要——(打哈
欠。)——不要結束。(打哈欠。)上帝，我累了，睡一
覺就好多了。(吹哨子，克羅夫立刻進來，他停在椅
子旁。)你弄髒了空氣！(停頓。)幫我準備好，我要
睡覺了。

克羅夫　我才把你搖醒。

哈姆　那又怎樣？

克羅夫　我不能每隔五分鐘把你搖醒，又把你弄上床，我還有
事要做。

　　　　(停頓。)

哈姆　你看過我的眼睛嗎？

克羅夫　沒有。

哈姆　我睡覺時，你從來沒想過摘下我的眼鏡，看看我的眼
睛嗎？

克羅夫　拉開眼皮？(停頓。)沒有。

哈姆　這幾天我會秀給你看。(停頓。)它們好像全變成白色
了(停頓。)幾點了？

克羅夫　跟平常一樣。

哈姆　(向右窗比個手勢。)你看過了嗎？

克羅夫　看過了。

哈姆　怎樣？

克羅夫　空的。

哈姆	應該下雨。
克羅夫	不會下雨。
	(停頓。)
哈姆	除了這個,你身體怎樣[4]?
克羅夫	無可抱怨。
哈姆	你覺得正常?
克羅夫	(激怒地。)我告訴你我無可抱怨。
哈姆	我覺得有點奇怪。(停頓。)克羅夫!
克羅夫	嗯。
哈姆	你不覺得受夠了嗎?
克羅夫	對!(停頓。)受夠什麼?
哈姆	這……這……情況。
克羅夫	我一直這麼覺得。(停頓。)你不是嗎?
哈姆	(沮喪地。)那就沒有理由改變了。
克羅夫	該結束了[5]。(停頓。)一生中充斥相同的問題,相同的答案。
哈姆	幫我準備好。(克羅夫不動。)去拿被單。(克羅夫不動。)克羅夫!
克羅夫	嗯。
哈姆	我再也不會給你東西吃了。

4　How do you feel?由此可看出哈姆在意的是克羅夫的身體狀況,由其狀況可知時間的運作。後文哈姆將持續問克羅夫類似的問題。

5　It may end. 有「該結束了」、「可以結束了」和「可能要結束了」三種意思,稍有程度之別。爲了和後句之意取得連貫,又因克羅夫是劇中最希望結束此棋局的人,因此採第一種譯文。

克羅夫　那我們會死掉。

哈姆　　我給你一點點東西吃，只要剛剛好不讓你餓死。你會一直處在飢餓狀態。

克羅夫　那我們就不會死。(停頓。)我去拿被單。

　　　　(他走向門口。)

哈姆　　不！(克羅夫停住。)我會每天給你一塊餅乾。(停頓。)一塊半。(停頓。)為什麼你留下來陪我？

克羅夫　為什麼你留我？

哈姆　　沒有別人了。

克羅夫　沒有其他地方了。

　　　　(停頓。)

哈姆　　反正你還是會離開我的。

克羅夫　我在試。

哈姆　　你不愛我。

克羅夫　對。

哈姆　　你曾經愛過我。

克羅夫　曾經。

哈姆　　我讓你吃太多苦頭了。(停頓。)不是嗎？

克羅夫　不是那樣的。

哈姆　　(驚訝。)我沒讓你吃太多苦？

克羅夫　有。

哈姆　　(放鬆。)哦，你嚇我一跳。(停頓。冷冷地。)原諒我。(停頓。大聲點。)我說，原諒我。

克羅夫　我聽到了。(停頓。)你有流血嗎？

哈姆	比較少了。(停頓。)還不到吃止痛藥的時候嗎?
克羅夫	對。
	(停頓。)
哈姆	你的眼睛怎麼樣?
克羅夫	不好。
哈姆	你的腿怎麼樣?
克羅夫	不好。
哈姆	但是你可以走。
克羅夫	對。
哈姆	(暴躁地。)那就走啊!(克羅夫走到後面的牆,以前額和雙手抵著牆壁。)你在哪裡?
克羅夫	這裡。
哈姆	回來!(克羅夫回到原來的椅子旁邊。)你在哪裡?
克羅夫	這裡。
哈姆	你為什麼不殺我?
克羅夫	我不知道食物櫃的鑰匙號碼。
	(停頓。)
哈姆	去拿兩個腳踏車輪子。
克羅夫	沒有腳踏車輪子了。
哈姆	你是怎麼騎你的腳踏車的?
克羅夫	我從來就沒有腳踏車。
哈姆	這不可能。
克羅夫	還有腳踏車的時候,我哭著要一輛。我爬到你腳邊,你叫我去死,現在一輛也沒有了。

哈姆	那你巡查時呢？你去巡查我的窮苦人民的時候，你都是走路去的嗎？
克羅夫	有時候騎馬。(其中一個垃圾桶的蓋子掀開，內格的雙手出現，緊抓著桶邊沿。他的頭露出，頭戴睡帽，臉很蒼白。內格打哈欠，然後聆聽。)我要離開你，我有事情要做。
哈姆	在你的廚房？
克羅夫	對。
哈姆	死亡就在外面。(停頓。)好，去吧！ (克羅夫退場，停頓。)我們的關係還在持續呢！
內格	我要我奶嘴！
哈姆	惹人厭的老祖宗。
內格	我要我奶嘴[6]！
哈姆	家裡的老不休，一點教養都沒有！狂吃，狂飲，他們想的都是這些。(他吹哨，克羅夫進場，停在椅子旁。)哦！我以為你要離開了。
克羅夫	哦，還不是時候，還不是時候。
內格	我要我奶嘴！
哈姆	把他的奶嘴給他！
克羅夫	沒有奶嘴了。
哈姆	(對內格。)你聽到了嗎？沒有奶嘴了。你再也吸不到奶嘴了。

6　Me pat. 內格以小孩的口吻說出此句，因此譯成「我要我奶嘴」比「我要我的奶嘴」或「我要奶嘴」更貼近原意。

內格	我要我奶嘴！
哈姆	給他一塊餅乾。(克羅夫退場。)惹人厭的賤人,你殘廢的腳怎麼了?
內格	不用管我殘廢的腳。

(克羅夫拿著餅乾上場。)

克羅夫 我又回來了,帶著餅乾。

(他拿餅乾給內格,內格以手指接了,嗅了一下。)

內格 (哀怨地。)這是什麼?

克羅夫 司帕瑞店裡軟硬適中的餅。

內格 (如前。)太硬了!我咬不動!

哈姆 蓋住他。

(克羅夫推內格進垃圾桶內,蓋上桶蓋。)

克羅夫 (回到椅子旁。)年長而無知 [7]。

哈姆 坐在他上面。

克羅夫 我不能坐。

哈姆 對,而我不能站。

克羅夫 就是這樣。

哈姆 每個人有他的專長。(停頓。)沒有人打電話來嗎?(停頓。)我們不笑嗎?

克羅夫 (沉思後。)我不想笑。

哈姆 (沉思後。)我也不想。(停頓。)克羅夫!

---

7 If youth but knew, if age but could.是英國諺語,意即年輕人有活力做事卻缺乏智慧;而年老者有智慧卻缺少年輕人的活動力。貝克特改了原句成為If age but knew.強調雙重否定。

克羅夫　嗯。

哈姆　　大自然忘了我們。

克羅夫　再也沒有大自然了。

哈姆　　再也沒有大自然！你太誇張了。

克羅夫　就這附近沒有。

哈姆　　但是我們呼吸，我們改變！我們掉頭髮和掉牙齒！遺
　　　　失了我們的青春！我們的理想！

克羅夫　那她還沒忘了我們。

哈姆　　但是你說沒有了。

克羅夫　（難過地。）從來沒有活人像我們想得這麼拐彎抹角。

哈姆　　我們盡力而為。

克羅夫　我們不應該。

　　　　（停頓。）

哈姆　　你好像還不錯嘛！是不是？

克羅夫　差強人意。

　　　　（停頓。）

哈姆　　慢慢來，你還有得受呢！（停頓。）不是該吃止痛藥了
　　　　嗎？

克羅夫　不。（停頓。）我要離開你，我還有事情要做。

哈姆　　在你的廚房？

克羅夫　對。

哈姆　　做什麼，我想知道。

克羅夫　我凝視牆壁。

哈姆	牆壁！你在牆壁上看到什麼？彌尼，彌尼 [8]？裸體嗎？
克羅夫	我看我的亮光在消逝中。
哈姆	你的亮光在消逝！聽那是什麼話！哼，你的亮光在這裡也會消逝！看看我，再回來告訴我你覺得你的亮光是什麼。
	(停頓。)
克羅夫	你不應該這樣對我說話。
	(停頓。)
哈姆	(冷冷地。)原諒我。(停頓，稍微大聲。)我說，原諒我。
克羅夫	我聽到了。
	(裝內格的垃圾桶蓋被掀開，他的雙手出現，緊抓著桶邊沿。他的頭露出，嘴裡含著餅乾。他注意聆聽。)
哈姆	你的種子發出芽了嗎？
克羅夫	沒有。
哈姆	你有把它們翻一翻，看是不是發芽了嗎？
克羅夫	它們還沒發芽。
哈姆	可能還太早了。
克羅夫	要是會發芽早就發了。(爆怒地。)他們永遠不會發芽。

---

8 Mene mene是《舊約聖經》中上帝寫在巴比倫宮殿牆上的神諭，意思是「神已經數算你國的年日到此完畢」，詳見〈但以里書第五章〉。

(停頓。內格手拿餅乾。)

哈姆　　這不好玩。(停頓。)但是一天總是這樣結束的,不是嗎,克羅夫?

克羅夫　應該是。

哈姆　　一天結束了,像其他的日子,不是嗎,克羅夫?

克羅夫　好像是。

(停頓。)

哈姆　　(痛苦地。)怎麼回事,怎麼回事?

克羅夫　有事情正在進行。

(停頓。)

哈姆　　好吧。走開。(他靠在椅背上,靜止不動。克羅夫沒離開卻發出深沉的嘆息聲。哈姆坐正。)我記得我叫你走開了。

克羅夫　我在努力。(他走到門口,停住。)甚至打從我一出生就開始。

(克羅夫退場。)

哈姆　　我們的關係還在持續。

(他背靠著椅子,靜止不動。內格敲另一垃圾桶的蓋子。停頓。他敲更大聲。蓋子掀開,內歐的手出現,緊抓著桶邊沿,然後她的頭露出來。她戴蕾絲邊帽子,臉很蒼白。)

內歐　　怎麼啦,我的寶貝?(停頓。)是做愛的時間嗎?

內格　　妳睡著了嗎?

內歐　　噢沒有!

內格　　親我。
內歐　　我們辦不到。
內格　　試看看。
　　　　（他們的頭使盡力氣地靠向對方，卻無法碰在一起，
　　　　又分開了。）
內歐　　爲什麼這些荒謬的事，日復一日？
　　　　（停頓。）
內格　　我牙齒掉了。
內歐　　哪時候？
內格　　昨天還好好的。
內歐　　（哀悼。）噢，昨天！
　　　　（他們很辛苦地轉向對方。）
內格　　妳看得到我嗎？
內歐　　幾乎看不到。你呢？
內格　　什麼？
內歐　　你看得到我嗎？
內格　　幾乎看不到。
內歐　　這樣更好，這樣更好。
內格　　不要這麼說。（停頓。）我們的眼力退化了。
內歐　　對。
　　　　（停頓。他們轉回身體。）
內格　　妳聽得到我的聲音嗎？
內歐　　可以，你呢？
內格　　可以。（停頓。）我們的聽力還沒有退化。

內歐　　我們的什麼？

內格　　我們的聽力。

內歐　　沒有。(停頓。)你還有別的話要跟我說嗎？

內格　　妳記得——

內歐　　不記得。

內格　　我們撞碎協力車後，雙腿就摔斷了。

　　　　(他們痛快地笑。)

內歐　　那是發生在阿登尼斯[9]。

　　　　(他們的笑聲略收斂。)

內格　　往席丹[10]的路上。(笑聲更收斂。)妳冷嗎？

內歐　　對，冷死了，你呢？

內格　　我快凍僵了。(停頓。)妳要進去嗎？

內歐　　好。

內格　　那就進去。(內歐沒移動。)妳怎麼不進去？

內歐　　我不知道。

　　　　(停頓。)

內格　　他有幫妳換木屑嗎？

內歐　　那不是木屑。(停頓。疲倦態。)你不能稍稍準確一些嗎，內格？

內格　　那麼是妳的沙子，這不重要。

內歐　　很重要。

　　　　(停頓。)

9　Ardennes位於比利時、盧森堡和法國邊境的森林。

10　Sedan法國城市。

內格	曾經是木屑。
內歐	曾經！
內格	現在是沙子了。(停頓。)來自沙灘上。 (停頓。失去耐心地。)現在這是他從沙灘上拿回來的 沙子。
內歐	現在是沙子了。
內格	他幫妳換了嗎？
內歐	沒有。
內格	我的也沒換。(停頓。)我受不了了。(停頓。把餅乾 拿高一點。)要不要來一些？
內歐	不要。(停頓。)一些什麼？
內格	餅乾。我留一半給妳。(他驕傲地看著餅乾。)四分之 三給妳，來。(他遞餅乾。)不要？(停頓。)妳不舒服 嗎？
哈姆	(疲倦地。)安靜，安靜，你們吵得我睡不著。(停 頓。)小聲點。(停頓。)如果我睡得著，也許我可以 做愛。我會去樹林裡。我的雙眼看得見……天空、大 地。我會跑，跑，他們追不到我。(停頓。)大自然！ (停頓。)有什麼東西在我頭裡滴滴作響。(停頓。)一 顆心，一顆心在我的頭裡。 (停頓。)
內格	(輕聲點。)妳聽到他說的嗎？一顆心在他的頭裡！ (他小心翼翼地低聲輕笑。)
內歐	一個人不該嘲笑那些事，內格。為什麼你總是嘲笑那

些事？

內格　不要這麼大聲！

內歐　(沒降低聲量。)沒有任何事比不快樂還好笑的。這一點我同意你。但——

內格　(受驚嚇。)噢！

內歐　對，對，這是世上最好笑的事。我們笑了，剛開始我們真心大笑。但都是同樣的事。對，那好像是我們太常聽的老掉牙笑話，我們還是覺得很好笑，但是我們再也笑不出來了。(停頓。)你還有其他的話要告訴我嗎？

內格　沒有。

內歐　你確定？(停頓。)那我要離開你了。

內格　妳不要妳的餅乾嗎？(停頓。)我會幫妳保管。(停頓。)我以為妳要離開我了。

內歐　我要離開你了。

內格　妳離開以前可以幫我抓癢嗎？

內歐　不能。(停頓。)哪裡？

內格　我的背。

內歐　不能。(停頓。)靠著桶的邊沿自己抓。

內格　在背脊的下面，凹下去的地方。

內歐　什麼凹下去的地方？

內格　凹下去的地方。(停頓。)妳不可以嗎？(停頓。)昨天妳幫我抓那裡。

內歐　(哀悼地。)噢昨天！

内格	妳不可以嗎？（停頓。）妳要不要我幫妳抓呢？（停頓。）妳又哭了嗎？
内歐	我剛才還努力想哭。
	（停頓。）
哈姆	可能是靜脈。
	（停頓。）
内格	他說什麼？
内歐	可能是靜脈。
内格	什麼意思？（停頓。）沒意思。（停頓。）要不要我告訴妳那個裁縫師的故事？
内歐	不要。（停頓。）講那做什麼？
内格	逗妳開心。
内歐	那不好笑。
内格	妳每次都笑了。（停頓。）第一次我以為妳快笑死了。
内歐	那是在蔻墨湖[11]。（停頓。）一個四月天的下午。（停頓。）你相信嗎？
内格	什麼？
内歐	我們曾經在蔻墨湖上划船。（停頓。）一個四月天的下午。
内格	前一天我們剛訂婚。
内歐	訂婚！
内格	妳因為笑得太開心我們就翻船了，照一般狀況我們早

11　Lake Como：義大利境內的湖。

就淹死了。

內歐　那是因為我很快樂。

內格　（憤怒地。）才不是，才不是，不是別的原因，那是因為我的故事。快樂！每次我說這個故事時，妳還不是笑了？快樂！

內歐　水很深，很深。你可以看到底，那麼透明，那麼乾淨。

內格　我再來說一次。（說書人的口吻。）一個英國人為了參加新年慶典，急需一條斜條紋褲子，所以去找他的裁縫師。裁縫師幫他量了尺寸。（裁縫師的聲音。）「說定了，四天以後來拿，我會做好這條褲子。」好，四天之後。（裁縫師的聲音。）「很對不起，一週以後再來，臀部的部位，我做得一團糟。」好，沒關係，做一個簡潔的臀部是很棘手的。一週之後。（裁縫師的聲音。）「太對不起了，十天以後再來拿，我把褲衩做亂了。」好，沒辦法，要做舒服的褲衩是個難題。十天過後，（裁縫師的聲音。）「非常對不起，兩星期以後再來。我把褲襠做得亂七八糟。」好，在重要部位，做個適合人的褲襠拉鍊是困難的課題[12]。（停頓。正常聲音。）我從來沒講得這麼糟。（停頓。鬱悶地。）這個故事我愈講愈糟。（停頓。說書人的聲音。）好吧，長話短說，風信子飛揚時，他弄亂了鈕

12　At a pinch：指容納身體常受擠壓的部位。smart fly：符合人性的褲襠。

扣孔[13]。(顧客的聲音。)「搞什麼鬼，先生，不行，
這太過分了，事情是有限度的。六天內，你聽到沒，
六天，上帝創造這個世界。對，先生，不折不扣，先
生，**整個世界**。而你他媽的卻沒有能力在三個月內幫
我做好一條褲子！」(裁縫師被激怒的聲音。)「但
是，我親愛的先生，我親愛的先生，看——(輕視的
手勢，惡心狀。)這個世界—(停頓。)—你再看——
(愛惜的手勢，驕傲地。)——看我的**褲子**！」
(停頓。他看著內歐，內歐面無表情，眼神空洞。內
格爆出一串極度高亢的笑聲，一下子停止。以頭靠向
內歐，又發出笑聲。)

哈姆　　安靜！
(內格嚇一跳，笑聲停止。)

內歐　　你可以看到底。

哈姆　　(激怒狀。)你還沒完嗎？你永遠沒有完嗎？(暴怒。)
這永遠沒有完嗎？(內格消失在他的垃圾桶裡，蓋上
蓋子，內歐沒有移動。哈姆瘋狂地。)我願以王國換
守夜人[14]。(他吹哨，克羅夫上。)把這個雜碎清理
掉！把它丟到海裡！(克羅夫走向垃圾桶，停止。)

內歐　　那麼透明。

13　The bluebells are blowing and he ballockses the buttonholes. 貝克特詩意
　　的語言在此又見一例，此句意指時間飛逝，每況愈下。

14　My kingdom for a nightman. 出處為莎士比亞的《理查三世》，原句為
　　My kingdom for a horse.

哈姆	什麼？她在說什麼廢話？
	(克羅夫俯身，拉起內歐的手，把她的脈。)
內歐	(對克羅夫。)沙漠！
	(克羅夫丟下她的手，推她進桶內後蓋上。)
克羅夫	(回到椅子旁。)她沒有脈搏了。
哈姆	她在胡說什麼？
克羅夫	她叫我離開，去沙漠。
哈姆	混帳的多嘴婆！就這些？
克羅夫	不止。
哈姆	還有什麼？
克羅夫	我聽不懂。
哈姆	你把她蓋住了嗎？
克羅夫	對。
哈姆	他們都被蓋住了嗎？
克羅夫	對。
哈姆	用螺絲釘把蓋子釘住。(克羅夫走向門。)時間到了。(克羅夫停住。)我的氣消了，我要撒尿。
克羅夫	(開心地。)我去拿導尿管。
	(他走向門口。)
哈姆	時間到了。(克羅夫停住。)給我止痛藥。
克羅夫	還早。(停頓。)現在吃你的補養品還太早，吃了沒有效果。
哈姆	早上他們幫你提神，晚上他們使你冷靜。要不然剛好完全相反。(停頓。)那個老醫生死了，自然死的嗎？

克羅夫　他不老。

哈姆　　但他死了？

克羅夫　自然如此。(停頓。)你問我那個？

　　　　(停頓。)

哈姆　　帶我轉一下。(克羅夫走到椅子後面，把椅子推向前。)不要太快！(克羅夫推椅子。)繞著世界轉。(克羅夫推椅子。)沿著牆邊走，然後再回到中央。(克羅夫推椅子。)我原來在正中央，是不是？

克羅夫　(推椅子。)是。

哈姆　　我們需要一台適合的輪椅。有大的輪子，腳踏車的輪子！(停頓。)你是不是靠牆邊走？

克羅夫　(推椅子。)對。

哈姆　　(摸索牆壁。)撒謊！你為什麼對我撒謊？

克羅夫　(更靠近牆壁。)好啦！好啦！

哈姆　　停！(克羅夫把椅子停在靠近後牆的地方。哈姆一手抵著牆。)老牆壁！(停頓。)牆外就是……另一個地獄。(停頓)靠近點！靠近點！撞上去！

克羅夫　手拿開。(哈姆收回手，克羅夫用力推椅子撞牆壁。)好啦！

　　　　(哈姆傾身並且耳朵貼牆。)

哈姆　　你聽到了嗎？(以指關節敲牆。)你聽到了嗎？空心的磚！(再敲一次。)所有的都是空的！(停頓。坐直，暴怒地。)夠了。回去！

克羅夫　我們還沒繞完。

哈姆　　回到我的位置！(克羅夫推椅子回中央。)這是我的位
　　　　置嗎？

克羅夫　對，是你的位置。

哈姆　　我在正中央嗎？

克羅夫　我來量量看。

哈姆　　差不多就好！差不多就好！

克羅夫　(輕輕移動椅子。)好啦！

哈姆　　我差不多在正中央嗎？

克羅夫　我這麼覺得。

哈姆　　你這麼覺得！把我放在正中央！

克羅夫　我去拿捲尺。

哈姆　　差不多！差不多！(克羅夫稍稍移動椅子。)擊中中
　　　　央。

克羅夫　好啦！

　　　　(停頓。)

哈姆　　我覺得有點偏左。(克羅夫稍稍移動椅子。)現在我覺
　　　　得有點偏右。(克羅夫稍稍移動椅子。)我覺得有點太
　　　　前面了。(克羅夫稍稍移動椅子。)現在我覺得有點太
　　　　後面了。(克羅夫稍稍移動椅子。)不要站在那裡。
　　　　(指站在椅子背後。)你使我不寒而慄。
　　　　(克羅夫回到椅子旁邊。)

克羅夫　如果我可以殺他，就死而無憾了。
　　　　(停頓。)

哈姆　　天氣怎樣？

克羅夫	老樣子。
哈姆	看看地上。
克羅夫	看過了。
哈姆	用望遠鏡？
克羅夫	不用望遠鏡。
哈姆	用望遠鏡看。
克羅夫	我去拿望遠鏡。

（克羅夫離開。）

哈姆	不用望遠鏡！

（克羅夫拿著望遠鏡上。）

克羅夫	我又回來了，帶著望遠鏡。（他走到右窗口，往上看。）我需要梯子。
哈姆	為什麼？你縮小了嗎？（克羅夫拿著望遠鏡離開。）我不喜歡那樣，我不喜歡那樣。

（克羅夫扛著梯子進場，但沒帶望遠鏡。）

克羅夫	我又回來了，帶著梯子。（把梯子放在右窗下，爬上去，發現忘了拿望遠鏡，下來。）我需要望遠鏡。

（走向門口。）

哈姆	（暴怒地。）可是你已經有望遠鏡了！
克羅夫	（停止暴怒。）沒有，我沒有望遠鏡。

（克羅夫下。）

哈姆	簡直令人厭煩。

（克羅夫拿著望遠鏡上，走向梯子。）

克羅夫	萬物一下子活躍起來。（爬上梯子，拿起望遠鏡，讓

它落下。)我故意的。(爬下梯子，撿起望遠鏡，把它轉向觀眾。)我看到……一群人……開心得很。(停頓。)這就是我說的放大鏡。(他把望遠鏡放低，轉向哈姆。)怎麼？我們不笑嗎？

哈姆　　(沉思後。)我不笑。

克羅夫　(沉思後。)我也不。(爬上梯子，把望遠鏡轉到窗外。)來看看。(他觀察，移動望遠鏡。)空的……(他觀察。)……空的……(他觀察。)……還是空的。

哈姆　　沒有任何動靜。全都是——

克羅夫　空——15

哈姆　　(暴怒地。)等我指示你才說話！(正常聲音。)全都是……全都是……全都是什麼？(暴怒地。)全都是什麼？

克羅夫　什麼全都是？簡單地說嗎？那是你想知道的嗎？等一下。(他將望遠鏡轉到窗外觀察，放下望遠鏡，轉向哈姆。)殘骸。(停頓。)怎麼？滿意了嗎？

哈姆　　看海。

克羅夫　一樣。

哈姆　　看海洋。

(克羅夫下來，朝左窗走幾步，回來拿爬梯，放在左窗下，爬上去，把望遠鏡轉到窗外，詳細觀察。他嚇一跳，放下望遠鏡，檢查望遠鏡。又轉向窗外。)

15　原文Zer此話未完，只發上半音，因此演員必須拉長音以示未完成的句子。

克羅夫　從沒見過這等事！

哈姆　（緊張狀。）什麼？一艘船？一條魚？一縷煙？

克羅夫　（還在觀察。）光線消失了。

哈姆　（鬆一口氣。）呸！我們早知道了。

克羅夫　（還在觀察。）本來還剩一點點。

哈姆　底邊。

克羅夫　（還在觀察。）對。

哈姆　現在呢？

克羅夫　（還在觀察。）全消失了。

哈姆　沒有海鷗？

克羅夫　（還在觀察。）海鷗？

哈姆　地平線呢？地平線上沒有東西嗎？

克羅夫　（放下望遠鏡，轉向哈姆，被激怒地。）天曉得地平線上還有什麼？

　　　　（停頓。）

哈姆　海浪呢，海浪怎麼樣了？

克羅夫　海浪？（他將望遠鏡轉向海浪。）沉重。

哈姆　還有太陽呢？

克羅夫　（還在觀察。）空的。

哈姆　但太陽應該正下山了，再看一次。

克羅夫　（還在觀察。）可惡的太陽。

哈姆　那麼已經是夜晚囉？

克羅夫　（還在觀察。）不是。

哈姆　那麼是什麼？

克羅夫	（還在觀察。）**灰的**。（放下望遠鏡，轉向哈姆，大聲點。）灰的！（停頓。更大聲。）灰的！（停頓。他下來，走到哈姆的背後，在他的耳邊悄聲説話。）
哈姆	（受驚嚇。）灰的！你是不是説灰的？
克羅夫	淺黑的。從天南到地北。
哈姆	你太誇張了。（停頓。）不要停在那裡，你使我不寒而慄。
	（克羅夫回到椅子旁。）
克羅夫	爲什麼總是這些荒謬的事，日復一日？
哈姆	慣例，誰曉得。（停頓。）昨晚我看到我胸部裡面，有一個很大的傷口。
克羅夫	呸！你看到的是你的心。
哈姆	不，它還在跳動。（停頓。痛苦狀。）克羅夫！
克羅夫	嗯。
哈姆	發生什麼事？
克羅夫	有事情正在發生。
	（停頓。）
哈姆	克羅夫！
克羅夫	（不耐煩。）什麼？
哈姆	我們不是開始意……意……意有所指吧？
克羅夫	意有所指！你和我，意有所指！（笑聲。）哦，不錯的主意嘛！
哈姆	是啊！（停頓。）假想一個理性的生物回到地球，如果他觀察我們夠久，不會有個念頭自然而然地進入他的

腦中嗎？（理性生物的聲音。）哦，好，現在我知道那是怎麼一回事了，對，現在我了解他們在幹什麼了。（克羅夫嚇一跳，望遠鏡掉落，兩手開始抓肚子。哈姆回復正常聲音。）不必想那麼多，我們自己……（感性地。）……我們自己……在特定時刻……（熱切地。）想想可能不是全無意義！

克羅夫　（痛苦地抓癢。）我身上有跳蚤。

哈姆　　跳蚤！還有跳蚤？

克羅夫　我身上有一隻。（抓癢。）除非那是蝨子。

哈姆　　（心煩意亂。）但是人性可能從那裡捲土重來！看在上帝的慈悲上，抓住牠。

克羅夫　我去拿藥粉。

　　　　（克羅夫下。）

哈姆　　跳蚤！真可怕！什麼日子啊！

　　　　（克羅夫拿著殺蟲鐵罐進來。）

克羅夫　我又回來了，帶著殺蟲粉。

哈姆　　讓他嘗嘗！

　　　　（克羅夫鬆開褲頭，把褲頭拉前並倒入粉末。他俯身，觀察，等待。跳起，瘋狂地倒更多粉末，俯身，觀察，等待。）

克羅夫　這個混帳！

哈姆　　你解決牠了嗎？

克羅夫　看起來好像是。（他丟掉罐子，穿好褲子。）除非牠隱

秘產卵[16]。

哈姆　產？你是說躺。除非牠躺著詐死。

克羅夫　哦？是躺，不是產？

哈姆　用你的腦袋，可以嗎？如果牠下蛋，我們不就是母
狗。

克羅夫　哦。(停頓。)你的尿怎麼了？

哈姆　我正在尿。

克羅夫　啊！這就對了！這就對了！

(停頓。)

哈姆　(熱切地。)我們離開這裡，我們兩個！到南方！你可
以編個竹筏，流水會帶我們離開，走得遠遠的，到其
他……有哺乳類地方！

克羅夫　荒唐。

哈姆　獨自一人，我就獨自乘船！馬上去編竹筏。明天我就
永遠地離開。

克羅夫　(匆忙走向門口。)我馬上做。

哈姆　等一下！(克羅夫停下來。)你想有鯊魚嗎？

克羅夫　鯊魚？我不知道。如果有就會有。

(他走向門口。)

哈姆　等一下！(克羅夫停下來。)吃止痛劑的時間還沒到
嗎？

16　英文俗語lying doggo是詐死的意思，而克羅夫說成laying doggo是隱
秘產卵。由此音誤造成貝克特式的幽默，實含兩層意義：跳蚤會詐
死也可能隱秘產卵。

克羅夫　(兇暴地。)還沒！
　　　　(他走向門口。)
哈姆　　等一下！(克羅夫停下來。)你的眼睛怎麼樣？
克羅夫　不好。
哈姆　　但是你可以看。
克羅夫　看我想看的。
哈姆　　你的腿呢？
克羅夫　不好。
哈姆　　但你可以走路。
克羅夫　我來來……去去。
哈姆　　在我的房子裡。(停頓，以預言的口吻。)有一天你會
　　　　變瞎，像我一樣。你會坐在那裡，像在虛空中，黑暗
　　　　裡的一粒灰塵，永永遠遠，像我一樣。(停頓。)有一
　　　　天你會自言自語，我累了，我要坐下，於是你就坐
　　　　下。然後你會說，我餓了，我要起來去找點吃的。但
　　　　是你不會起來，你會說，我當初不應坐下，但是既然
　　　　我坐了，我就不妨坐久一點，然後我會起來去找點吃
　　　　的。但是你不會起來，所以你也吃不到任何東西。
　　　　(停頓。)你會看著這片牆一會兒，然後你會說，我要
　　　　閉上眼睛，也許睡一會兒，這樣我就舒服多了，你就
　　　　閉上眼。當你睜開眼睛時再也沒有牆了。(停頓。)無
　　　　盡的虛空會圍繞著你，所有年代死去再復活的靈魂也
　　　　無法填補。你會像在大平原中間的一個小砂粒。(停
　　　　頓。)沒錯，有一天你會知道那是什麼滋味，你會像

我一樣，只是你不會有人陪你，因為你不曾憐憫任何
人，因為世上也沒有人可以讓你憐憫了。
（停頓。）

克羅夫　還不知道呢。（停頓。）有一件事你忘了。

哈姆　哦？

克羅夫　我不能坐下。

哈姆　（不耐煩地。）哦，那你就會躺下啊，什麼狗屁！不然
你會停止不動，純粹停止、站著不動，就像你現在這
樣。有一天你會說，我累了，我要停止。這跟姿態有
什麼關係？
（停頓。）

克羅夫　所以你恨不得我離開你們。

哈姆　當然。

克羅夫　那我就離開。

哈姆　你無法離開我們。

克羅夫　那我就不離開你們。
（停頓。）

哈姆　為什麼你不把我解決掉呢？（停頓。）如果你答應解決
我們，我會告訴你鑰匙的號碼。

克羅夫　我無法解決你們。

哈姆　那你就不應該解決我們。
（停頓。）

克羅夫　我要離開你，我還有事要做。

哈姆　你記得你來的時候嗎？

克羅夫	不。太小了，你說的。
哈姆	你記得你父親嗎？
克羅夫	（疲倦地。）一樣的答案。（停頓。）這些問題你已經問幾百萬遍了。
哈姆	我喜歡這些老問題。（熱切地。）哦，老問題，舊答案，沒有其他事情像這樣了！（停頓。）答案就是我曾是你父親。
克羅夫	對。（他直瞪著哈姆。）你曾是。
哈姆	我的房子是你的家。
克羅夫	對。（他看哈姆身邊。）這房子是我家。
哈姆	（驕傲地。）沒有我，（手指自己。）就沒有父親。沒有哈姆，（手指周遭。）就沒有家。
	（停頓。）
克羅夫	我要離開你。
哈姆	有一件事你想過嗎？
克羅夫	從來沒有。
哈姆	我們現在是在一個洞的裡面。（停頓。）但是越過這個小丘？哦？可能是還是一片綠意。嗯？（停頓。）還有植物[17]！果樹[18]！（狂喜地。）穀類[19]！（停頓。）也許你不必走太遠。
克羅夫	我走不遠。（停頓。）我要離開你。

17　Flora：希臘神話裡的花神，植物的總稱。
18　Pomora：羅馬神話裡的果樹女神。
19　Ceres：羅馬神話裡的穀物女神。

哈姆　　我的狗準備好了嗎？

克羅夫　它缺一條腿。

哈姆　　它光滑嗎？

克羅夫　是博美狗[20]。

哈姆　　把它帶來。

克羅夫　它缺一條腿。

哈姆　　把它帶來。（克羅夫下。）我們的關係還在持續。（克
　　　　羅夫上，抓著一隻只有三條腿玩具狗的一條腿。）

克羅夫　你所有的狗都在這裡。

　　　　（他把狗交給哈姆，哈姆撫摸它。）

哈姆　　它是白色的，是不是？

克羅夫　差不多。

哈姆　　你什麼意思，差不多？它是白色或不是？

克羅夫　不是。

　　　　（停頓。）

哈姆　　你已經忘了性別。

克羅夫　（生氣狀。）但它還沒被終結，性別到最後仍會存在。

哈姆　　你還沒幫它綁緞帶。

克羅夫　（生氣狀。）但它還沒被結束，我告訴你！首先你先解
　　　　決掉你的狗，然後你再幫它綁上緞帶。

　　　　（停頓。）

哈姆　　它可以站立嗎？

20　Pomerania：昔德國東北的一省，現在的波蘭西北部，Pomeranian是
　　此地盛產的小狗，毛長如絲。

克羅夫　我不知道。

哈姆　　試看看。(他把狗交給克羅夫，克羅夫把狗放在地上。)怎樣？

克羅夫　等一下！
　　　　(他蹲下來，試著讓狗以三條腿站立，失敗了，任狗倒向一邊。)

哈姆　　(沒耐心地。)怎樣？

克羅夫　它正站著。

哈姆　　(摸索狗。)在哪裡？它在哪裡？
　　　　(克羅夫扶著狗，使其站立。)

克羅夫　喏。
　　　　(他牽哈姆的手使其接近狗的頭。)

哈姆　　(手放在狗的頭上。)它在看我嗎？

克羅夫　對。

哈姆　　(驕傲地。)好像它求我帶它去散步嗎？

克羅夫　隨你便。

哈姆　　(如前。)或是好像它在求我給它一根骨頭。(他抽回他的手。)讓他就這樣，站在那裡求我。
　　　　(克羅夫站直。狗倒向一邊。)

克羅夫　我要離開你。

哈姆　　你有什麼願景嗎？

克羅夫　比較少了。

哈姆　　佩格媽媽的燈還亮著嗎？

克羅夫　亮著！有誰的燈會亮著呢？

哈姆　　　熄滅了。

克羅夫　　當然熄滅了。如果沒亮就是熄滅了。

哈姆　　　不，我指佩格媽媽。

克羅夫　　但是當然她已經熄滅了。(停頓。)你今天是怎麼了？

哈姆　　　我跟著感覺走。(停頓。)她埋葬了嗎？

克羅夫　　埋葬？誰會埋她？

哈姆　　　你。

克羅夫　　我！除了埋屍體，我的事還不夠多嗎？

哈姆　　　但是你會埋我。

克羅夫　　不，我不會埋你。

　　　　　(停頓。)

哈姆　　　她曾經很美麗，像野地上盛開的花。(回憶時迷醉的眼神。)她是位迷死很多男人的女人。

克羅夫　　我們都健康美麗過——曾經。很少有人不曾美麗過。

　　　　　(停頓。)

哈姆　　　去拿魚叉。

　　　　　(克羅夫走向門口，停下來。)

克羅夫　　做這個，做那個，我都做了，從不拒絕，為什麼？

哈姆　　　你沒本事拒絕。

克羅夫　　很快地我再也不做了。

哈姆　　　你再也無法做了。(克羅夫下。)噢，這些人，這些人，什麼事都得跟他們解釋。

　　　　　(克羅夫上，拿著魚叉。)

克羅夫　　你的魚叉，把它豎起來。

(他拿魚叉給哈姆，哈姆像撐船一樣揮動魚叉，企圖
移動他的椅子。)

哈姆　我有移動嗎？

克羅夫　沒有。

(哈姆摔甩掉魚叉。)

哈姆　去拿油罐來。

克羅夫　做什麼？

哈姆　來潤滑我的腳輪子。

克羅夫　昨天我已經幫它們上油了。

哈姆　昨天！那是什麼意思？昨天！

克羅夫　(暴怒地。)那是他媽的可怕的一天，很久以前，在這
他媽的可怕的一天以前。我用的字是你教我的，如果
他們再也沒有任何意義，那就教我別的，不然就讓我
保持沉默。

(停頓。)

哈姆　我曾經認識一個瘋子，他認為世界末日已經來臨了。
他是個畫家和雕刻家。我非常喜歡他，我以前常去找
他，在一個瘋人院裡。我拉著他的手到窗戶旁。看！
那裡！全是正在生長的小麥！還有那裡！看！如一大
群鯡魚的帆船隊！全都是這麼動人！(停頓。)他甩開
我的手回到他的角落，一副被驚嚇的樣子。所有他看
到的都是灰燼。(停頓。)只有他存活了下來。(停
頓。)被遺忘。(停頓。)這件事顯得……不是那
麼……那麼不平常。

克羅夫	瘋子？什麼時候的事？
哈姆	哦！很久以前，很久以前，當時你還沒生出來。
克羅夫	願上帝與那些日子同在。
	（停頓。哈姆舉起小圓帽。）
哈姆	我非常喜歡他。（停頓。又戴上圓帽。）他是一個畫家，也是雕刻家。
克羅夫	有這麼多可怕的事。
哈姆	不，不，現在沒這麼多了。（停頓。）克羅夫！
克羅夫	嗯。
哈姆	你不覺得這樣拖得夠久了嗎？
克羅夫	對！（停頓。）什麼？
哈姆	這……這……件事。
克羅夫	我一直是這麼認為。（停頓。）你不是嗎？
哈姆	（憂鬱地。）那這一天又像任何其他日子了。
克羅夫	只要這樣持續下去。（停頓。）這一生都是一樣沒意義。
	（停頓。）
哈姆	我無法離開你。
克羅夫	我知道。你也無法跟隨我。
	（停頓。）
哈姆	如果你離開我，我怎麼知道？
克羅夫	（很快地。）哦，你只要吹哨子，如果我沒跑過來，那就代表我離開了。
	（停頓。）

哈姆	你不來跟我吻別嗎？
克羅夫	哦！我不想。
	(停頓。)
哈姆	但是你可能只是死在你的廚房裡。
克羅夫	結果是一樣的。
哈姆	對，不過我怎麼知道，如果你只是死在你的廚房裡？
克羅夫	嗯……遲早我會發臭。
哈姆	你早就發臭了，這整個地方都是腐屍的臭味。
克羅夫	這整個宇宙。
哈姆	(生氣貌。)去他媽的宇宙！(停頓。)想別的。
克羅夫	什麼？
哈姆	一個點子，想想點子。(生氣貌。)一個很棒的點子！
克羅夫	哦，好。(開始來回踱步，眼睛盯著地上，手放在背後。停住。)我的腿疼痛！難以置信！很快我再也不能思考了。
哈姆	你將無法離開我。(克羅夫繼續來回走動。)你在做什麼？
克羅夫	正在想點子。(他繼續走。)啊！
	(他停下來。)
哈姆	好一顆腦袋！(停頓。)怎樣？
克羅夫	等一下！(他沉思，不太肯定。)對……(停頓。較肯定。)對了！(他抬頭。)有了！我調鬧鐘。
	(停頓。)
哈姆	這一天可能還不如我那些光輝的日子，但說真的——

克羅夫　你吹口哨叫我，我沒來。鬧鐘響了，我走了。鬧鐘沒響，我死了。

　　　　（停頓。）

哈姆　　它可以用嗎？（停頓。沒耐心。）這鬧鐘還可以用嗎？

克羅夫　為什麼不能用？

哈姆　　因為用太久了。

克羅夫　但是根本很少用它。

哈姆　　（生氣狀。）那是因為太少使用了！

克羅夫　我去看看。（克羅夫下。舞台下幾聲鬧鐘鈴。克羅夫上，手拿著鬧鐘。他拿到哈姆的耳朵旁，鬧鐘響。他們聆聽到最後一聲。停頓。）足以把死人吵醒！你聽到了嗎？

哈姆　　隱隱約約。

克羅夫　最後一聲棒極了！

哈姆　　我比較喜歡中間部分。（停頓。）吃止痛劑的時間還沒到嗎？

克羅夫　還沒。（走到門口，轉身。）我要離開你。

哈姆　　我講故事的時間到了。你要聽我的故事嗎？

克羅夫　不要。

哈姆　　問我父親，問他想不想聽我的故事。

　　　　（克羅夫走到垃圾桶，掀開內格的蓋子，俯身，看裡面。停頓。挺直身子。）

克羅夫　他睡著了。

哈姆　　叫他起來。

（克羅夫俯身，用鬧鐘吵醒內格。內格說了一些模糊
不清的話，克羅夫挺直身子。）

克羅夫　他不想聽你的故事。

哈姆　　我會給他一顆糖[21]。

（克羅夫俯身，如前。）

克羅夫　他要一顆甜梅子。

哈姆　　他會得到甜梅子。

（克羅夫俯身，如前。）

克羅夫　一言為定。（他走向門。內格的雙手出現，緊抓桶邊
沿，然後頭露出。克羅夫到了門邊，轉身。）你相信
死後的生命[22]嗎？

哈姆　　我的一向如此。（克羅夫離開。）這次我愚弄他了。

內格　　我洗耳恭聽。

哈姆　　混帳！你為什麼生下我？

內格　　我不知道。

哈姆　　什麼？你不知道什麼？

內格　　那會是你。（停頓。）你會給我甜梅子嗎？

哈姆　　聽完以後。

內格　　你發誓？

哈姆　　好。

內格　　憑什麼？

21　Bon-bon：法文的糖果之意。

22　Do you believe in the life to come?這裡指的是基督教所謂上帝應許虔
　　敬的人永恆的生命，不盡然是指來生。

哈姆　　　我的榮譽。

　　　　　（停頓。他們狂笑。）

內格　　　兩顆。

哈姆　　　一顆。

內格　　　一顆給我，一顆給——

哈姆　　　一顆！安靜！（停頓。）上次講到哪裡了？（停頓。憂鬱地。）結束了，我們結束了。（停頓。）快結束了。（停頓。）再也沒有任何長篇大論了。（停頓。）從我一出生，就有什麼東西在我的腦子裡像水滴一般滴著。（內格極力壓抑笑聲。）濺出來，濺出來，總是在同一點上飛濺。（停頓。）也許那是小靜脈。（停頓。）小動脈。（停頓。更活潑。）夠了，講故事的時間到了。我上次說到哪裡了？（停頓，敘事音調。）那個向我爬過來。臉色蒼白，極度的蒼白而且瘦弱。他似乎正要——（停頓。正常聲調。）不對，這一段我已經講過了。（停頓。敘事音調。）我冷靜地填滿我的菸斗——海抱石做的菸斗。點火用……姑且說是火柴好了，吸了幾口。啊！（停頓。）嗯，你要什麼？（停頓。）那是個特別難受的一天，我記得，溫度計顯示是零度。但是想到那是聖誕夜，就沒有什麼……特別的。符合時宜的天氣，一年一度……。（停頓。）嗯，什麼邪風把你吹來？他仰起臉看我，黑黑的臉上和著污泥和淚水。（停頓。正常聲調。）這樣應該就行了。（敘事音調。）不要，不要，不要看我，不要看我。他眼光低

垂喃喃自語，我猜他在道歉。（停頓。）我是個大忙
人，你知道的。慶祝活動之前的最後一個步驟，你知
道那是什麼。（停頓。屬聲。）說啊，這次打擾我的目
的是什麼？（停頓。）那是艷陽天，我記得，太陽角度
計上顯示是50度。但太陽正在下沉……沉到一片死寂
中。（正常聲調。）表現得很好，那句話。（敘事聲
調。）說吧！說，說出你的請求，讓我繼續忙我的
事。（停頓，正常聲調。）你可以講英文啊。噢，
嗯……（敘事聲調。）之後他就決定要嘗試看看。是我
的小孩，他說。嘖。小孩。很糟糕。我的小男孩，他
說，彷彿性別很重要似的。他從哪裡來？他說出那個
洞名，他騎了半天的馬過來的。你在暗示我什麼？是
說那地方還有人住？不，不，沒有任何人，除了他自
己和小孩——假定他還活著的話。好。我詢問關於這
海灣之外寇芙的情形。一個罪人都沒有。好。你要我
相信你把你的小孩留在那裡獨自一人？而且他還活
著？得了吧！（停頓。）那是個狂風怒號的日子。我記
得，風速計上顯示一百度。颶風把乾枯的松樹連根拔
起，還把它們……掃蕩一空。（停頓。正常聲音。）我
講得有點弱，那句話。（敘述聲調。）喂，你，說話
啊，你想從我這裡得到什麼，我必須裝飾聖誕樹了。
（停頓。）嗯，長話短說，最後得知他想從我這裡
拿……給他那乳臭未乾的小孩麵包。麵包？但是我沒
有麵包。我無法吃麵包。好，那麼就給一點麥子吧！

(停頓。正常聲調。)這樣應該就行了。(敘事聲調。)
麥子，對，我有麥子，那是真的，在我的糧倉裡。但
是用點腦筋，我給你一些麥子，一磅，一磅半，你
拿回去給你的小孩，你幫他煮——如果他還活著的
話——一鍋美味的粥(內格有了反應。)一鍋半美味的
粥，營養豐富。好。他的小小臉頰恢復紅潤——或許
吧。然後呢？(停頓。)我失去耐心。(暴怒地。)用點
腦筋，不會嗎？用點腦筋，你是在地球上，這已經無
可救藥了！(停頓。)那是非常乾燥的日子，我記得，
濕度計上顯示是零度。對我的腰風濕來講，是理想的
天氣。(停頓，暴怒狀。)但是以上帝之名，你還在奢
想什麼？以為大地會在春天復甦嗎？河流和海水又會
有魚嗎？天上還有果實[23]給像你一樣的白癡嗎？(停
頓。)慢慢地我冷靜下來，至少足以讓我問他花多久
時間來到這裡。整整三天。好，他離開的時候，孩子
狀況怎樣。睡得很沉時。(強而有力的。)但什麼睡得
很沉，已經什麼睡得很沉了？(停頓。)哦，長話短
說，我最後決定幫他。我被他感動了，而且那時候我
自認不久於世了。(他笑。停頓。)嗯？(停頓。)怎麼
樣？如果你很小心，你可能自然地死亡，死得平靜而
舒服。(停頓。)嗯？(停頓。)最後他問我是不是也能
答應收留那小孩——如果他還活著的話。(停頓。)那

23　Manna：《聖經》常以天上的果實比喻永恆的福分。

就是我等待的時刻。(停頓。)我願不願意收留那個小
孩……(停頓。)現在我還可以看到他跪下來,雙手趴
在地上,他瘋狂的眼睛注視著我,不顧我的意願。
(停頓。正常聲調。)我很快就會結束這個故事。(停
頓。)除非我又加了其他角色。(停頓。)但是我去哪
裡找其他角色?(停頓。)我去哪裡尋找他們?(停
頓。他吹哨。克羅夫上。)我們來向上帝禱告。

內格	我要我甜梅子。
克羅夫	廚房裡有一隻老鼠!
哈姆	老鼠!還有老鼠?
克羅夫	廚房裡有一隻。
哈姆	你還沒消滅牠?
克羅夫	進行到一半。你干擾我們。
哈姆	牠逃不了?
克羅夫	對。
哈姆	你等下再收拾牠。我們來禱告。
克羅夫	又來了!
內格	我甜梅子。
哈姆	上帝先!(停頓。)你好了嗎?
克羅夫	(順從地。)好我們開始。
哈姆	(對內格。)你呢?
內格	(雙手相扣,閉上眼睛,急促含混地說。)我們的天父 是——
哈姆	安靜!安靜!你的規矩呢?(停頓。)我們開始。(禱

告的姿態。沉默。結束禱告，沮喪狀。)嗯？

克羅夫　(結束禱告。)多棒的希望！你呢？

哈姆　去他媽的！(對內格。)你呢？

內格　等一下！(停頓。結束禱告。)沒有用！

哈姆　狗雜碎！祂根本不存在！

克羅夫　不存在。

內格　我要我甜梅子。

哈姆　沒有甜梅子了。

　　　(停頓。)

內格　一點也不意外！畢竟我是你父親。的確，如果不是
　　　我，也會是別人，但這不是藉口。(停頓。)比方說，
　　　再也沒有軟糖了[24]，我們都知道，這可是我的最愛。
　　　有一天我會向你要一些，作為慈愛的報答，你會答應
　　　我。一個人必須與時俱移。(停頓。)你還幼小時，在
　　　黑暗中你備受驚嚇，你向誰哭喊？你母親？不是，是
　　　我。我們讓你哭，然後把你移到聽不到的地方，這樣
　　　我們就可以安靜地睡覺。(停頓。)我睡著了，快樂得
　　　像國王，你卻把我吵醒要我聽你哭泣。並不是非如此
　　　不可，你不是真的需要我聽你哭泣，而且我也沒在
　　　聽。(停頓。)我希望有一天你真的需要我聽你哭泣，
　　　真的需要聽我的聲音，任何聲音。(停頓。)真的，我
　　　希望我可以活到那一天，聽你向我哭喊，就像你還是

24　Turkish Delight：土耳其糖是一種軟糖，譯成軟糖亦可。

小孩時在黑暗中受到驚嚇一樣，而我是你唯一的希望。(停頓。內格敲內歐的桶蓋。停頓。)內歐！(停頓。他敲大聲點。停頓。更大聲。)內歐！(停頓。內格沉入他的桶內。蓋上蓋子。停頓。)

哈姆 我們的狂歡現在結束了。(他伸手去尋找狗。)狗跑掉了。

克羅夫 它不是真的狗，它不會跑。

哈姆 (摸索。)它不在那裡。

克羅夫 它躺下來了。

哈姆 遞給我。(克羅夫撿起狗交給哈姆，哈姆把狗抱在手中。停頓。哈姆甩掉狗。)髒鬼！(克羅夫開始撿地上的東西。)你在做什麼？

克羅夫 按照秩序把東西排好。(站直身子。熱切地。)我要把所有的東西清理掉。(他又開始撿東西。)

哈姆 秩序！

克羅夫 (他站直身子。)我喜歡秩序，那是我的夢想。一個徹底沉默靜寂的世界，每樣東西在最後塵土下各有所歸。

(又開始撿東西。)

哈姆 (激怒狀。)天啊！你究竟以為你在幹什麼？

克羅夫 (站直身子。)我在盡力創造一個秩序。

哈姆 丟下！

(克羅夫丟下手上的東西。)

克羅夫 反正，不是在這裡就是在其他地方。

（他走向門口。）

哈姆　　（生氣狀。）你的腳怎麼了？

克羅夫　我的腳？

哈姆　　咚！咚！

克羅夫　我一定是穿上靴子了。

哈姆　　你的拖鞋讓你不舒服？

　　　　（停頓。）

克羅夫　我要離開你。

哈姆　　不！

克羅夫　是什麼把我留在這裡？

哈姆　　對話。（停頓。）我已發展我的故事。（停頓。）我的故
　　　　事發展得很好。（停頓。激怒狀。）問我進行到哪裡
　　　　了？

克羅夫　哦，對了，你的故事？

哈姆　　（驚訝。）什麼故事？

克羅夫　那個你一輩子說給自己聽的故事。

哈姆　　哦，你是指我的編年史？

克羅夫　就是那個。

　　　　（停頓。）

哈姆　　（生氣狀。）繼續，你不會嗎？繼續！

克羅夫　我希望你已經頗有進展了。

哈姆　　（謙虛地。）哦！還不是很有進展，故事沒有很長。
　　　　（他歎氣。）總有那樣的日子沒有靈感。（停頓。）那時
　　　　你一籌莫展，只能等待靈感來臨。（停頓。）不必強

求，不必強求，這是宿命。(停頓。)反正我還是一點
一點的進行。(停頓。)技巧性地進行，你知道的。
(停頓。激怒狀。)我說反正我還是一點一點的進行。

克羅夫　(崇拜地。)哦，我永遠也沒辦法這樣。無論遇到什麼
　　　　障礙，你還是可以繼續發展你的故事。

哈姆　　(謙虛地。)哦！沒有很長，你知道的，還不是很長，
　　　　但，總比沒有好。

克羅夫　總比沒有好！可能嗎？

哈姆　　我會告訴你故事是怎麼進行的。他肚子貼在地上爬過
　　　　來——

克羅夫　誰？

哈姆　　什麼？

克羅夫　你是說誰？

哈姆　　我說的是誰！另外一個。

克羅夫　哦！是他！我不確定。

哈姆　　肚子貼在地上爬過來，哀號地為他乳臭未乾的小子要
　　　　麵包。他有份園丁的工作。以前——(克羅夫突然大
　　　　笑。)有什麼好笑的？

克羅夫　園丁的工作。

哈姆　　是那個逗你笑嗎？

克羅夫　應該是。

哈姆　　不是麵包？

克羅夫　或是那個乳臭未乾的小子？
　　　　(停頓。)

哈姆　　說真的，整件事很滑稽。我們兩個一起來痛快地笑一
　　　　下，怎麼樣？

克羅夫　(想了一下。)我今天沒辦法再大笑了。

哈姆　　(想了一下。)我也是。(停頓。)那我就繼續。在他感
　　　　激地接受以前，他問我是不是可以把小孩帶在他身
　　　　邊。

克羅夫　幾歲？

哈姆　　哦，很小。

克羅夫　他會爬樹。

哈姆　　做一些芝麻蒜皮小事。

克羅夫　然後他會長大。

哈姆　　很有可能。

　　　　(停頓。)

克羅夫　繼續，你不會嗎？繼續！

哈姆　　就這些，我只發展到這裡。

　　　　(停頓。)

克羅夫　你看到故事怎麼進行的嗎？

哈姆　　多多少少。

克羅夫　不會很快就結束了嗎？

哈姆　　恐怕會。

克羅夫　呸！你會再編另一個。

哈姆　　我不知道。(停頓。)我腸枯思竭。(停頓。)這個曠日
　　　　廢時的創意性工作。(停頓。)如果我可以拖著這副身
　　　　子到海裡！我會準備一個裝滿沙子的枕頭，而海浪就

會隨波而來。

克羅夫 已經沒有海浪了。

(停頓。)

哈姆 去看她是不是死了。

(克羅夫走去垃圾桶，掀起內歐的蓋子，俯身，觀看，停頓。)

克羅夫 看起來好像是。

(克羅夫蓋上蓋子，站直身子。哈姆拿起小圓帽。停頓。又戴上帽子。)

哈姆 (手放在帽子上。)內格呢？

(克羅夫掀起內格的蓋子，俯身，觀看，停頓。)

克羅夫 看起來好像沒有。

(他蓋上蓋子，站直身子。)

哈姆 (手放掉小圓帽。)他在做什麼？

(克羅夫掀開內格的蓋子，俯身，觀看，停頓。)

克羅夫 他在哭。

(他蓋上蓋子，站直身子。)

哈姆 那他還活著。(停頓。)你曾經享受過短暫的快樂嗎？

克羅夫 據我所知，沒有。

(停頓。)

哈姆 帶我到窗下。(克羅夫走向椅子。)我想在我的臉上感亮覺光。(克羅夫推椅子。)你還記得剛開始時你推我散步嗎？你老是把椅子舉得太高了，每走一步都差點讓我跌出去。(像老人一般顫抖聲音。)哦，很好玩，

我們兩個玩得很開心！（憂愁地。）然後我們就習以為
常了。（克羅夫把椅子停在右窗下。）已經到了嗎？
（停頓。他斜著頭。）亮不亮？

克羅夫　不暗。

哈姆　（生氣。）我問你亮不亮？

克羅夫　亮。

　　　　（停頓。）

哈姆　窗廉沒拉上？

克羅夫　沒有。

哈姆　這是那一扇？

克羅夫　向大地那一扇。

哈姆　我早知道。（生氣貌。）但是這裡沒有光線！另一個！
（克羅夫推椅子向左窗。）大地！（克羅夫把椅子停在
左窗下。哈姆斜著頭。）這才是我說的亮光！（停
頓。）感覺好像是太陽光。（停頓。）不是？

克羅夫　不是。

哈姆　照在我臉上的不是太陽光？

克羅夫　不是。

　　　　（停頓。）

哈姆　我很蒼白嗎？（停頓。生氣狀。）我在問你我是不是很
蒼白？

克羅夫　沒有比平常更白。

　　　　（停頓。）

哈姆　打開窗戶。

克羅夫	爲什麼？
哈姆	我要聽海浪聲。
克羅夫	你聽不到。
哈姆	甚至打開窗戶也是一樣？
克羅夫	對。
哈姆	那就不值得打開囉？
克羅夫	對。
哈姆	(暴怒地。)那就打開！(克羅夫爬上梯子，打開窗戶。停頓。)你打開了嗎？
克羅夫	打開了。
	(停頓。)
哈姆	你發誓你打開了？
克羅夫	對。
	(停頓。)
哈姆	哦……！(停頓。)一定很安靜。(停頓。暴怒。)我在問你是不是很安靜！
克羅夫	對。
哈姆	因爲再也沒有航海者。(停頓。)你突然不太說話。你不舒服嗎？
克羅夫	我冷。
哈姆	現在是幾月了？(停頓。)關上窗戶，我們要回去了。(克羅夫關窗，下來，推椅子回原位，站在椅子後面，頭低低的。)不要站在那裡，你使我不寒而慄！(克羅夫回到椅子旁。)父親！(停頓。大聲點。)父

親！（停頓。）去看他是不是聽到我叫他。

（克羅夫走到內格的垃圾桶，掀開蓋子，俯身。交談
了些模糊不清的話，克羅夫站直身子。）

克羅夫　聽到了。

哈姆　　兩次都聽到？

（克羅夫俯身，如前。）

克羅夫　只有一次。

哈姆　　第一次還是第二次？

（克羅夫俯身，如前。）

克羅夫　他不知道。

哈姆　　一定是第二次。

克羅夫　誰知道。

（蓋上蓋子。）

哈姆　　他還在哭嗎？

克羅夫　沒有。

哈姆　　死人被遺忘得真快。（停頓。）他在做什麼？

克羅夫　啃餅乾。

哈姆　　生命繼續了。（克羅夫回到椅子旁。）給我一條厚毯
子，我冷死了。

克羅夫　沒有厚毯子了。

（停頓。）

哈姆　　親我。（停頓。）你不親我嗎？

克羅夫　對。

哈姆　　在額頭上。

克羅夫　我不親你任何地方。

（停頓。）

哈姆　（伸出手。）至少把你的手給我。（停頓。）你不肯把你的手給我嗎？

克羅夫　我不會碰你的。

（停頓。）

哈姆　給我那隻狗。（克羅夫四處找狗。）不用了！

克羅夫　你不要你的狗了？

哈姆　不要。

克羅夫　那我要離開了。

哈姆　（低頭。心不在焉。）沒錯。

（克羅夫走向門口，轉身。）

克羅夫　就算我沒殺那隻老鼠，牠也會死。

哈姆　（如前。）沒錯。（克羅夫離開。停頓。）輪到我表演。（他拿出手帕，攤開它，鋪在他前面。）我們還在持續中。（停頓。）你哭了又哭，不為別的，只為了不笑。漸漸地……你開始悲傷。（他摺好手帕，放回口袋，抬起頭。）所有我也許幫忙過的人。（停頓。）幫忙！（停頓。）拯救。（停頓。）拯救！（停頓。）這地方爬滿了他們！（停頓。暴怒地。）用點腦筋，你不會嗎？用點腦筋，你是在地球上，這一點已經無可救藥了！（停頓。）離開這裡去彼此相愛！去舐你的鄰居就像舐自己一樣！（停頓。冷靜點。）當那不是麵包時，他們會希望那是鬆餅。（停頓。暴怒地。）滾開，回去你們

的狂歡舞會！（停頓。）所有一切，所有一切！（停
頓。）連狗都不是真的！（冷靜些。）結束就在開始之
時而從此你持續下去。（停頓。）也許我可以繼續我的
故事，結束這個故事又開始另一個。（停頓。）也許我
可以把自己摔到地板上。（他痛苦地要離座但失敗。）
用指甲刺入細縫裡，再用手指把自己拉向前。（停
頓。）盡頭將至而我將會在此，想像是什麼引發了這
一切，又是什麼……（他猶豫。）……為什麼這麼久
（停頓。）我會，在舊的庇護所，獨自一人對抗沉默
和……（他猶豫。）……寂靜。如果我可以保有寧靜，
安靜地坐著，所有的聲音和動作都會停止。所有的，
完全結束。（停頓。）我會叫我父親和叫我的……（他
猶豫。）……我兒子。甚至叫兩次，叫三次，以防他
們沒聽到第一次或第二次。（停頓。）我會告訴自己，
他會回來。（停頓。）然後呢？（停頓。）然後呢？（停
頓。）他不會，他已經走太遠了。（停頓。）然後呢？
（停頓。非常不安。）全都是幻想！我正在被觀察！一
隻老鼠！階梯[25]！停止呼吸然後……（呼出一口氣。）
然後是模糊不清的囈語，像孤獨的小孩把自己變成一
群小孩，兩個，三個，為了在黑暗中和別人一起玩，
一起說悄悄話。（停頓。）一刻接著一刻，急促地落下
像那古希臘的……（他猶豫。）……一堆穀物。一生中

25　哈姆是個充滿表演欲的演員，隨時都察覺到被觀看，在此連老鼠和
　　梯子也成了觀眾。

你都等待著它一點一滴地累積成生命。(停頓。開口想繼續，又放棄。)噢，我們來讓它結束！(他吹哨，克羅夫拿著鬧鐘上。他停在椅子旁。)什麼？沒離開也沒死掉？

克羅夫　精神上而已。

哈姆　哪一個？

克羅夫　兩者。

哈姆　離開我你會死。

克羅夫　彼此彼此。

哈姆　死亡就在外面！(停頓。)老鼠呢？

克羅夫　牠跑走了。

哈姆　牠跑不遠。(停頓。不安地。)啊？

克羅夫　牠不需要跑遠。

　　　　(停頓。)

哈姆　吃止痛藥的時間還沒到嗎？

克羅夫　到了。

哈姆　噢！終於！給我一片！快點！

　　　　(停頓。)

克羅夫　沒有止痛藥了。

　　　　(停頓。)

哈姆　(驚嚇狀。)好⋯⋯！(停頓。)沒有止痛藥了！

克羅夫　沒有止痛藥了，你再也得不到任何一片止痛藥了。

　　　　(停頓。)

哈姆　但那個小圓盒子當時還滿滿的！

克羅夫　對，但現在是空的。

　　　　　（停頓。克羅夫開始在房間裡走動，尋找可以放鬧鐘
　　　　　的地方。）

哈姆　　　（態度緩和。）我怎麼辦？（停頓。大叫。）我怎麼辦？

　　　　　（克羅夫看牆上的畫，他拿下畫，把畫的正面朝向牆
　　　　　壁放在地上，再把鬧鐘掛在上面。）

　　　　　你在做什麼？

克羅夫　　上發條。

哈姆　　　去看地面。

克羅夫　　又來了！

哈姆　　　因為大地在呼喚你。

克羅夫　　你喉嚨痛嗎？（停頓。）要不要吃藥？（停頓。）不要？
　　　　　（停頓。）可惜。

　　　　　（克羅夫哼著歌走到右窗口。停下來往上看。）

哈姆　　　不要唱了。

克羅夫　　（轉向哈姆。）一個人再也沒有唱歌的權力了？

哈姆　　　對。

克羅夫　　那要怎麼結束？

哈姆　　　你要結束？

克羅夫　　我要唱歌。

哈姆　　　我阻止不了你。

　　　　　（停頓。克羅夫轉向右窗口。）

克羅夫　　我把梯子放在哪裡了？（他四處找梯子。）你沒看到梯
　　　　　子嗎？（他看到梯子。）哦，是時候了。（他走向左窗

口。)有時候我懷疑我是不是腦子不清楚,然後時間過了,我像以前一樣神智清晰。(他爬上梯子,看窗外。)天啊!大地在水面下!(他觀看。)怎麼可能?(頭往前探,一隻手護眼作觀察狀。)還沒下雨。(他擦玻璃,觀看。停頓。)噢,我真笨!我走錯邊了。(下梯子,走幾步向右窗口。)在水面下!(回去拿梯子。)我真笨!(扛著梯子走向右窗口。)有時候我懷疑我是不是意識清楚,然後時間過了,我又像以前一樣聰明。(把梯子放在右窗下,爬上去,往外看,轉向哈姆。)你想知道哪些特別的部分嗎?或只是全部?

哈姆　全部。

克羅夫　大致情形嗎?等一下。

　　　　(他往外看。停頓。)

哈姆　克羅夫。

克羅夫　(全神貫注。)嗯。

哈姆　你知道那是什麼嗎?

克羅夫　(如前。)嗯。

哈姆　我從來不在那裡。(停頓。)克羅夫!

克羅夫　(轉向哈姆。激怒狀。)什麼?

哈姆　我從來不在那裡。

克羅夫　恭喜你。

　　　　(他往外看。)

哈姆　永遠,缺席。事情全發生了而我卻不在場,我不知道

發生什麼事。(停頓。)你知道發生什麼事嗎?(停
頓。)克羅夫!

克羅夫　(轉向哈姆。激怒狀。)你到底要不要我看這堆糞土,
要或不要?

哈姆　先回答我。

克羅夫　什麼?

哈姆　你知道發生什麼事嗎?

克羅夫　哪時候?哪裡?

哈姆　(暴怒。)哪時候!發生什麼!用點腦筋,不會嗎!發
生什麼事?

克羅夫　該死,那又怎樣?

　　　　(他看窗外。)

哈姆　我不知道。

　　　　(停頓。克羅夫轉向哈姆。)

克羅夫　(嚴厲地。)當老佩格媽媽向你要燈油,你叫她去死
時,你就知道發生什麼事了,不是?(停頓。)你知道
佩格媽媽怎麼死的?死於黑暗。

哈姆　(無力地。)那時我沒有油。

克羅夫　(如前。)有,你有。

　　　　(停頓。)

哈姆　你帶了望遠鏡了嗎?

克羅夫　沒有,看得夠清楚了。

哈姆　去拿來。

　　　　(停頓。克羅夫眼睛往上翻,揮舞拳頭。他失去平

衡，但馬上緊抓梯子，開始下梯子，停住。）

克羅夫　有一件事我一直不明白。（他走下來。）爲什麼我總是
　　　　聽你的。你可以告訴我原因嗎？

哈姆　　不……可能是同情心。（停頓。）一種最偉大的同情
　　　　心。（停頓。）噢！那眞不簡單，那眞不簡單。
　　　　（停頓。克羅夫開始走動，尋找望遠鏡。）

克羅夫　我厭煩我們這種模式，非常厭煩。（尋找動作。）你沒
　　　　有坐在望遠鏡上嗎？
　　　　（他移動椅子，看著椅子空出的地方，又開始找。）

哈姆　　（苦惱地。）不要把我扔在這裡！（克羅夫生氣地推椅
　　　　子回原位。）
　　　　我在正中央嗎？

克羅夫　你需要顯微鏡來檢查——才找得到。（他看到望遠
　　　　鏡。）哈，正是時候。
　　　　（拿起望遠鏡，爬上梯子，將望遠鏡轉向窗外。）

哈姆　　把狗給我。

克羅夫　（觀看。）安靜！

哈姆　　（生氣貌。）把狗給我！
　　　　（克羅夫丟下望遠鏡，雙手緊抱著頭。停頓。急忙地
　　　　下來，尋找狗，看到，撿起來，馬上走向哈姆，以狗
　　　　猛擊哈姆的頭。）

克羅夫　這是你要的狗！
　　　　（狗掉到地上。停頓。）

哈姆　　你打我！

克羅夫　你把我逼瘋的，我瘋了！

哈姆　　如果你一定要打我，就用斧頭劈我。(停頓。)或用魚
　　　　叉，用魚叉打我，不要用狗。用魚叉，或用斧頭。
　　　　(克羅夫撿起狗給哈姆，哈姆把狗放在臂彎裡。)

克羅夫　(懇求地。)我們不要玩了！

哈姆　　絕不！(停頓。)把我放進棺材。

克羅夫　早就沒有棺材了。

哈姆　　那就讓它結束吧！(克羅夫走向梯子。)用一聲重擊！
　　　　(克羅夫爬上梯子，又下來，找望遠鏡，看到它，撿
　　　　起來，上梯子，舉起望遠鏡。)在黑暗中！我呢？有
　　　　誰曾經同情過我嗎？

克羅夫　(放下眼鏡，轉向哈姆。)什麼？(停頓。)你是指我
　　　　嗎？

哈姆　　(生氣。)旁白，潑猴！你以前沒聽過旁白嗎？(停
　　　　頓。)我在為我最後的獨白暖身。

克羅夫　我警告你。我會看這個狗屁倒灶[26]，因為我被迫這麼
　　　　做。但這是最後一次。(把望遠鏡轉到窗外。)我們來
　　　　看看。(移動望遠鏡。)沒有……沒有……好……
　　　　好……沒有……厂[27]——(他嚇一跳，放下望遠鏡，檢
　　　　查眼鏡，又轉到窗外。停頓。)可惡！

哈姆　　更加複雜！(克羅夫下來。)沒有副情節，我相信。
　　　　(克羅夫把梯子移近窗戶，上去，將望遠鏡轉到窗

26　經審委員指正，已做修改。
27　goo此字未完，克羅夫只講前音。

外。)

克羅夫　(驚慌地。)看起來像一個小男孩！

哈姆　(諷刺地。)小……男孩！

克羅夫　我去看看。(他下來，丟掉望遠鏡，走向門口，轉
　　　　身。)我去拿魚叉。
　　　　(克羅夫尋找魚叉，看到了，拿起魚叉，急忙地走到
　　　　門口。)

哈姆　不用！
　　　　(克羅夫停住。)

克羅夫　不用？一個潛在的生育者？

哈姆　如果他還活著他不是死在那裡就是來這裡。如果他
　　　　沒……
　　　　(停頓。)

克羅夫　你不相信我？你以為是我捏造的？
　　　　(停頓。)

哈姆　這是終局了，克羅夫，我們來到盡頭了。我再也不需
　　　　要你了。
　　　　(停頓。)

克羅夫　恭喜你。
　　　　(他走向門口。)

哈姆　留下那個魚叉。
　　　　(克羅夫給他魚叉，走向門口，停住，看著鬧鐘，取
　　　　下，尋找較適合放置的地方。走到垃圾桶，把鬧鐘放
　　　　在內格的桶子上。停頓。)

克羅夫　　我要離開了。

　　　　　（他走向門口。）

哈姆　　　你走之前……（克羅夫停在近門處。）……講些話吧。

克羅夫　　沒什麼好說的。

哈姆　　　有些話……在我的心底……盤旋。

克羅夫　　你的心！

哈姆　　　對。（停頓。鏗鏘有力地。）對！（停頓。）用最後僅剩
　　　　　的，在最後，在這陰影，這喃喃聲音，這所有的困擾
　　　　　下來結束。（停頓。）克羅夫……他從來不跟我說話。
　　　　　最後，在他離開之前，我沒叫他說，他跟我說了。他
　　　　　說……

克羅夫　　（絕望地。）噢……！

哈姆　　　一些……眞心話。

克羅夫　　我的心！

哈姆　　　一些……眞心話。

　　　　　（停頓。）

克羅夫　　（直視觀眾，聲調平平。）他們告訴我，那就是愛，對
　　　　　對，無庸置疑，現在你就明白——

哈姆　　　講清楚！

克羅夫　　（如前。）這多麼容易。他們告訴我，那是友情，對
　　　　　對，毫無疑問，你發現了。他們告訴我，就是這裡，
　　　　　停下來，抬頭注視所有的美景，還有秩序！他們告訴
　　　　　我，來，你不是個殘酷的野獸，仔細思考這些事，你
　　　　　就會發現一切是怎麼變清楚的，而且變簡單！他們告

訴我，這些因受傷而快死的人們，受到何等的注意。

哈姆　夠了！

克羅夫　(如前。)有時候——我告訴自己，克羅夫，如果你希望——有一天——他們懶得折磨你，你就必須學習更能忍受折磨。有時候——我告訴自己，克羅夫，你必須更堅強，如果你要他們——終有一天——放你走。但是我覺得要培養新的習慣，我太老了，需要的時間也太久了。好，永遠不會結束，我永遠不會離開。(停頓。)然後有一天，突然間，就這樣結束了，改變了，我不明白，它消失了，或是我自己，我也不明白。我問還剩下的字眼——睡著、醒著、早晨、黃昏。他們無話可說。(停頓。)我打開這個穴窩的門走出去，我頭垂得低低的只看見雙腳。如果我睜開雙眼，只看到雙腿之間一條細小的黑色灰塵。我告訴自己地球熄滅了，雖然我從來沒看它發亮過。(停頓。)很容易離開。(停頓。)我倒下時我會哭喊幸福。

(停頓。走向門口。)

哈姆　克羅夫！(克羅夫停住，沒轉身。)沒事。(克羅夫繼續走。)克羅夫！

(克羅夫停住，沒轉身。)

克羅夫　這是我們所謂的下台。

哈姆　很感激你的服務，克羅夫。

克羅夫　(轉身，尖銳地。)哦，對不起，應該是我感激你。

哈姆　我們應該彼此感激。(停頓。克羅夫走向門口。)還有

一件事。(克羅夫停住。)最後一次幫忙。(克羅夫離
開。)幫我蓋上被單。(停頓良久。)不要?好。(停
頓。)輪到我表演。(停頓。疲倦地。)最後的牌局,
在很久以前就輸掉了,再玩再輸,最後仍是吃敗仗。
(停頓。更有活力。)我看看。(停頓。)哦對!(他試
著移動椅子,像之前一樣用魚叉。克羅夫上,全副武
裝準備上路。巴拿馬帽,蘇格蘭外套,手臂上掛著雨
衣,雨傘和袋子。他停在門口,站在那裡,面無表情
一動也不動地直盯著哈姆,直到劇終。哈姆放棄。)
好。(停頓。)丟了[28]。(丟掉魚叉,也要丟狗,想了一
下。)放輕鬆。(停頓。)現在呢?(停頓。)舉帽。(舉
小圓帽。)願和平降臨我們的……屁屁。(停頓。)又
戴上。(戴上小圓帽。)平手了[29]。(停頓。他摘下眼
鏡。)擦一擦。(取出手帕,沒打開,直接擦拭眼
鏡。)又戴上。(戴上眼鏡,把手帕放回口袋。)我們
來了。再那樣侷促不安,我就要求攤牌[30]。(停頓。)
一些詩歌。(停頓。)你禱告——(停頓。他更正。)你
哭求夜晚,夜晚來臨——(停頓。他更正。)夜晚降
臨:於是在黑暗中哭泣。(他重複,唱歌。)你哭求夜
晚,他降臨:現在在黑暗中哭泣。(停頓。)說得不

---

28 Discard原是丟棄之意,在牌局上則是丟出一張牌,在此有一語雙關
之效。

29 Deuce在牌局上是平手之意。

30 Call在紙牌的玩法上,有攤牌之意,雖然玩牌的過程中,可以叫牌,
但在此仍譯成攤牌更能貼近原意。

錯，那一句。(停頓。)現在呢？(停頓。)片刻無事，
現在就像永遠，以前時間看似無限，現在時間結束，
考慮結束，而故事結束了。(停頓。敘事語氣。)如果
他可以帶著他的孩子……(停頓。)那是我等待的時
刻。(停頓。)你不想丟棄他？當你正在衰老時你還要
他成長？然後待在那裡以慰藉你最後……最後片刻？
(停頓。)他不明瞭，他只知道飢餓、寒冷，和更糟糕
的，死亡。但是你！你應該知道現今這地球是怎麼樣
的。噢，我讓他看清該負的責任！(停頓。正常聲
調。)哦，故事就到這裡，我說到這裡，夠了。(他把
哨子拿到嘴邊，猶豫，放下。停頓。)對，真的！(他
吹哨子。停頓。更大聲。停頓。)好。(停頓。)父
親！(停頓，更大聲。)父親！(停頓。)好。(停頓。)
我們來了。(停頓。)怎樣結束？(停頓。)不要了。
(他丟掉狗。他扯下掛在頸子的哨子。)以我的讚美。
(他把哨子丟向觀眾。停頓。他吸一口氣。溫和些。)
克羅夫！(停頓良久。)沒有？好。(他拿出手帕。)既
然我們是這麼玩的……(他開始攤開手帕。)……那就
讓我們這麼玩吧……(繼續攤開。)而且別再提了……
(手帕完全攤開。)別再提了。(他把手帕平鋪在面
前。)舊止血布。(停頓。)你……還留著。(停頓。以
手帕蓋住臉，雙手放在椅背上，靜止不動。)
(這個畫面持續片刻。)

劇終

參考書目

Adorno, Theodor W. "Trying to Understand Endgame", *Samuel Beckett's Endgame,* Harold Bloom, ed., New York: Chelsea House Publishers, 1988, pp.9-40.

Alvarez, A. *Samuel Beckett,* Kermode Frank ed., New York: The Viking Press, 1973.

Beckett, Samuel. "Proust", *The Collected Works of Samuel Beckett* , New York: Grove, 1970.

——,*The Complete Dramatic Works,* London: faber and faber, 1990.

——,*Trilogy: Molloy, Malone Dies and The Unnamable,* London, Montreuil, New York: Calder Publications,1994.

Ben-Zvi, Linda. *Samuel Beckett,* Boston: Twayne Publishers, 1986.

Bloom ，Harold(ed.) *Samuel Beckett's Endgame,* New York: Chelsea House Publishers, 1988, pp.1-8.

Boal, Augusto. *The Rainbow of Desire: the Boal Method of Theatre and Therapy.* Adrian Jackson, trans. London, New York: Routledge, 1995.

Bradby, David. *Beckett: Waiting for Godot,* Cambridge: Cambridge

University Press, 2001.

Brater, Enoch. *Why Beckett*. London: Thames and Hudson, 1989.

Bryden M, *Samuel Beckett and the Idea of God*, New York: St. Martin's Press, 1998.

Busi, Frederick, *The Transformations of Godot*, Kentucky: the University Press of Kentucky, 1980.

Cormier, Ramona and Janis Pallister. *Waiting for Death: the Philosophical Significance of Beckett's En attendant Godot.* Alabama: University of Alabama, 1979.

Cohn, Ruby. *Back to Beckett*, Princeton, N.J.: Princeton University Press, 1973.

Easthope, Antony. "Hamm, Clov, and Dramatic Method in Endgame", *Samuel Beckett's Endgame*, Harold Bloom ed., New York: Chelsea House Publishers, 1988, pp.49-58.

Esslin, Martin. *The Theatre of the Absurd*, London: Penguin Books, 1961.

——,"Telling It How It Is: Beckett and the Mass Media", *The World of Samuel Beckett,* Joseph H Smith ed., Baltimore and London: The Johns Hopkins Universit Press, 1991.

Fletcher, John. *A Faber Critical Guide: Samuel Beckett*, London: Faber & Faber,2000.

Gilman, Richard. "Beckett", *Samuel Beckett's Endgame*, Harold Bloom ed., New York, New Haven, Philadelphia: Chelsea House Publiher, 1988, pp.79-86.

Gordon, Lois. *The World of Samuel Beckett 1906-1946,* New Haven and London: Yale University Press, 1996.

Graver L and Raymond Federman. *Samuel Beckett: The Critical Heritage,* London: Routledge & Kegan aul, 1979.

Graver Lawrence. *Beckett: Waiting for Godot,* Cambridge, The Press Syndicate of the University of Cambridge, 1989.

Harrington, John. *The Irish Beckett,* New York: Syracuse University Press, 1991.

Hegel, George. *Phenomenology of Spirit,* trans. Howard P. Kainz, Pennsylvania: The Pennsylvania State University Press, 1994.

Hesla, David H. *The Shape of Chaos: An Interpretation of the Art of Samuel Beckett,* Minneapolis: The University of Minnesota Press, 1971.

Hutchings William, *Samuel Beckett's Waiting for Godot: A Reference Guide,* London:Praeger Publishers, 2005.

Kaelin, Eugene F. *The Unhappy Consciousness,* Dordrecht: D. Reidel Publishing Company, 1981.

Kalb, Jonathan. *Beckett in Performance,* New York: Cambridge University Press, 1989.

Kennedy, A. *Samuel Beckett,* New York: Cambridge University Press, 1991.

Kenner, Hugh. "Life in the Box", *Samuel Beckett's Endgame,* Harold Bloom ed., New York: Chelsea House Publishers, 1988, pp.41-48.

Knowlson, J. *Damned to Fame: The Life of Samuel Beckett*, London: Bloomsbury Publishing plc, 1996.

Lawley, Paul. Symbolic Structure and Creative Obligation, *Samuel Beckett's Endgame*, Harold Bloom ed., New York: Chelsea House Publishers, 1988, Pp. 87-110.

Levy, Shimon. *Samuel Beckett's self-referential Drama*. New York: St. Martin's Press, 1990.

Lyons, Charles R. "Waiting for Godot Eludes Existing Systems of Interpretation", *Readings on Waiting for Godot,* Laura Marvel ed., San Diego: Greenhaven Press, 2001. pp.160-168.

Marvel, L. "Portrait of an Artist: The Shape of Beckett's Life, 1906-1989", *Readings on Waiting for Godot*, Marvel, L ed., San Diego: Greenhaven Press, 2001. pp.15-30.

Morrison, Kristin. "The Ironic Function of Storytelling", *Readings on Waiting for Godot,* Laura Marvel ed., San Diego, Greenhaven Press, 2001. pp.108-120.

Pilling, John. *Samuel Beckett.* London: Routledge, 1976.

Ried, Alec. *All I Can Manage More Than I Could: An Approach to the Plays of Samuel Beckett,* Dublin: Dolmen Press, 1968.

Robinson, Micharl. *The Long Sonata of The Road: A Study of Samuel Beckett,* London: Rupert Hart-Davis, 1969.

Schlueter June. "The Dual Roles of Didi and Gogo", *Readings on Waiting for Godot* , Laura Marvel ed., San Diego: Greenhaven Press, 2001, pp.44-53.

Shelley, Percy, B. *Selected Poems,* ed., London: Dent, 1977.

Singer, Peter. 《黑格爾》，李日章譯，台北：聯經出版事業公司，1984年。

Topsfield, Valerie. *The Humour of Samuel Beckett,* New York: St. Martin's Press, 1988.

Webb, Eugene. "The Plot Reveals the Illusory Nature of Man's Attempts to Create Meaning", *Readings on Waiting for Godot,* Laura Marvel ed.,San Diego, Greenhaven Press, 2001, pp. 54-64.

Worth, Katharine. *Samuel Becket's Theatre,* Oxford: Clarendon Press, 2001.

Worton, Michael. "Waiting for Godot and Endgame: heater as text," John Pilling ed., *The Cambridge Companion to Beckett,* Cambridge: Cambridge University Press, 1994. pp.67-87.

王孟于編譯，《等待果陀》，收於世界文學圖書館三十集，台北：遠志出版公司，1992。

白瑞德，《非理性的人——存在哲學研究》，（Barrett, W., *Irrational Man: A Study in Existential Philosophy*。）彭鏡禧譯，台北：立緒文化，2001。

朱生豪譯，《莎士比亞全集：暴風雨》，台北市：世界出版社，1996。

李亞伯等譯，《舊約聖經》，台中：浸宣，2001。

沙特，《存在與虛無》，陳宣良譯，台北：久大和桂冠圖書股份有限公司，1990。

波赫士，《波赫士談詩論藝》，陳重仁譯，台北：時報文化，
　　2001。

周夢蝶，《十三朵白菊花》，台北：洪範書店，2000。

高全喜，《自我意識論》，台北：博遠出版有限公司，1993。

馬清照譯，〈等待果陀〉，收於《淡江西洋現代戲劇譯叢》第
　　十八集《貝克特戲劇選集》，台北：驚聲文物供應公司，
　　1970。

致虛譯，《等待果陀》，台北：萬象出版公司，1999。

項退結，《海德格》，台北：東大圖書公司，1989。

勞思光，《存在主義哲學新編》，香港：中文大學出版社，
　　2001。

海德格，《走向語言之途》，孫周興譯，台北：時報文化，
　　1993。

劉大任和邱剛健合譯，《等待果陀》，收入世界文學全集第七
　　十一集，台北：遠景出版公司，1992。

彭鏡禧譯，〈終局〉，收於《淡江西洋現代戲劇譯叢》第十八
　　集《貝克特戲劇選集》，台北：驚聲文物供應公司，
　　1970。

虞爾昌譯，《莎士比亞戲劇──理查三世》，台北：國立編譯
　　館出版：世界，1957。

羅貫祥，《德勒茲》，台北：東大圖書公司，1997。

（參考影片）

Beckett on Film DVD Set by Barry McGovern, Johnny Murphy,
　　Alan Stanford, and Stephen Brennan，Amazon. Com. 2003.

現代名著譯叢
等待果陀・終局

2008年1月初版　　　　　　　　　　　　定價：新臺幣420元
2024年3月二版
有著作權・翻印必究
Printed in Taiwan.

著　　者	Samuel Beckett	
譯 注 者	廖　玉　如	
叢書主編	簡　美　玉	
校　　對	吳　淑　芳	
封面設計	而 立 設 計	

國科會經典譯注計畫

出　版　者	聯經出版事業股份有限公司	副總編輯	陳　逸　華
地　　　址	新北市汐止區大同路一段369號1樓	總 編 輯	涂　豐　恩
叢書主編電話	(02)86925588轉5322	總 經 理	陳　芝　宇
台北聯經書房	台 北 市 新 生 南 路 三 段 9 4 號	社　　長	羅　國　俊
電　　　話	(0 2) 2 3 6 2 0 3 0 8	發 行 人	林　載　爵
郵 政 劃 撥 帳 戶 第 0 1 0 0 5 5 9 - 3 號			
郵 撥 電 話 (0 2) 2 3 6 2 0 3 0 8			
印　刷　者	世 和 印 製 企 業 有 限 公 司		
總　經　銷	聯 合 發 行 股 份 有 限 公 司		
發　行　所	新北市新店區寶橋路235巷6弄6號2F		
電話 (0 2) 2 9 1 7 8 0 2 2			

行政院新聞局出版事業登記證局版臺業字第0130號

本書如有缺頁，破損，倒裝請寄回台北聯經書房更換。　　ISBN　978-957-08-7278-1 (平裝)
聯經網址 http://www.linkingbooks.com.tw
電子信箱 e-mail:linking@udngroup.com

En attendant Godot © 1952 by Les Editions de Minuit
（*Waiting for Godot*）
Fin de partie © 1957 by Les Editions de Minuit（*Endgame*）

國家圖書館出版品預行編目資料

等待果陀‧終局 / Samuel Beckett 著 . 廖玉如譯注 .
二版 . 新北市 . 聯經 . 2024.03
280 面 . 14.8×21 公分 . (現代名著譯叢)
參考書目：6 面
譯自：Waiting for Godot. Endgame
ISBN　978-957-08-7278-1（平裝）
[2024年3月二版]

873.55　　　　　　　　　　　　　　　113000854